Cedrik Roscalla

Miras Schlüssel

Bei diesem Roman handelt es sich um eine frei erfundene Geschichte. Die Personen in diesem Roman sind ebenfalls frei erfunden. Jede Ähnlichkeit mit tatsächlich existierenden Personen wäre rein zufällig.

Bibliografische Information der Deutschen Nationalbibliothek:
Die Deutsche Nationalbibliothek verzeichnet diese Publikation in der Deutschen Nationalbibliografie; detaillierte bibliografische Daten sind im Internet über http://dnb.dnb.de abrufbar.

© 2017 **Cedrik Roscalla**

Illustration: **Betibup 33 Design**

Herstellung und Verlag:
BoD – Books on Demand, Norderstedt

ISBN: 978-3-7431-7264-7

Gewidmet einer bezaubernden und einzigartigen Frau, ohne die dieses Buch nicht möglich gewesen wäre und ohne die es nie fertig geworden wäre.

1980

Mira rannte von Zimmer zu Zimmer durch die Wohnung der Oma. Omas Wohnung, das war für die fünfjährige Mira ein Ort der Geborgenheit und unendlicher Freiheit. Der flauschige Teppich im Wohnzimmer, der sich barfuß am besten anfühlte und dann der glatte Boden im Flur, auf dem es sich mit Socken so gut rutschen ließ. Nicht zu vergessen der Duft von frisch gebackenen Kuchen, der immer alle Zimmer erfüllte, wenn sie zu Besuch kam. Das Paradies. Mira schlitterte im Flur am Schlafzimmer der Oma vorbei, als sie durch die leicht geöffnete Tür eine Schmuckkassette auf dem Nachtschrank der Oma entdeckte. Sie hielt kurz inne und mit leisen Schritten spazierte sie zur glänzenden Schatulle, die sie von allen Seiten inspizierte. Eine rechteckige Schachtel aus dunklem Holz mit einem glänzenden Lack lachte sie an. Die Schatulle war geschlossen und eine leise Stimme schien zu rufen: Öffne mich! Öffne mich! Es war einfach zu verlockend diesem Ruf nicht zu folgen. Vorsichtig machte sie langsam den Deckel der Schatulle auf. »Mira, was machst du da?«, schallte Omas

Stimme aus dem Hintergrund. Der strenge Tonfall der Oma ließ Mira den Deckel des Schmuckkästchens vor Schreck zuklappen.

»Nichts Oma.«, erwiderte Mira. Sie drehte sich um und wollte noch schnell aus dem Zimmer verschwinden, aber zu spät. Oma stand schon hinter ihr. Mira schaute zu ihr auf und hoffte ohne Bestrafung davon zu kommen.

»Möchtest du da mal reinschauen?«, fragte die Oma mit sanfter Stimme und zeigte auf die Schatulle.

Miras Neugierde war ungebrochen und sie nickte freudig mit dem Kopf. »Gerne Oma«, hauchte sie erwartungsvoll.

Vorsichtig hob Oma den Deckel der Schatulle an. Miras Mund öffnete sich leicht, als die glitzernden Ketten, Ringe und Amulette zum Vorschein kamen.

»Darf ich das anfassen?«, fragte Mira artig.

»Nur zu.«, erwiderte die Oma, »schau dir ruhig alles an.«

Stück für Stück nahm sie die einzelnen Teile in ihre Hände und betrachtete jedes Schmuckstück von allen Seiten.

»Oma schau mal, an dieser Kette sind zwei Schlüssel dran. Welches Schloss öffnen die?« Mira ließ eine Kette mit zwei Schlüsselanhängern durch ihre kleinen Finger gleiten.

»Mira mein Liebling, das sind ganz besondere Schlüssel«, die Oma legte die Handfläche sanft auf Miras Brustkorb, »es sind die Schlüssel zu deinem Herzen.«

Sie nahm die Kette aus Miras Hand und hängte sie ihr um den Hals.

»Einen Schlüssel behältst Du und den anderen Schlüssel gibst Du einmal dem Mann, den du mit ganzem Herzen liebst«, sagte die Oma während sie die Arme über ihre Schultern legte und die Kette hinter ihrem Kopf verschloss. »Du kannst den Schlüssel aber nur einmal vergeben, deshalb überlege dir gut wem du ihn gibst!«, ergänzte die Oma mit einem warnenden Blick.

»Oma, woher weiß ich denn wen ich liebe?«

Oma lachte erheitert. »Wenn es soweit ist, wirst du schon wissen wem du diesen Schlüssel geben musst.«

33 Jahre später

Mira trat in den Flur und schaltete das Licht ein. Die Helligkeit brachte einen gefliesten Raum zum Vorschein, an dessen Wand kleine und große Schuhe wie aufgereihte Zinnsoldaten standen. Sie nahm zwei Kinderjacken aus dem in der Ecke stehenden Schrank, ging zurück in die Küche und schaute auf die Wanduhr. Schon wieder nach acht.

»Jetzt aber los, sonst kommen wir noch zu spät«, rief Mira ihrem Sohn zu, der schnell in sein Zimmer lief, um seine Schultasche zu holen. Ihre kleine Tochter stand schon neben ihr und streckte geduldig die Arme aus. Mira zog ihr die Jacke an und nahm sie anschließend auf den Arm. Damit begann das morgendliche Ritual ihrer Tochter, der Griff nach der Kette die Miras Hals schmückte. Damit spielte sie am liebsten. Ganz besonders gefielen ihr die beiden Schlüssel, die an der Kette hingen.

Normalität ist eine befestigte Straße, komfortabel zum Gehen, aber es wachsen keine Blumen drauf.

Vincent van Gogh

New York - Frühjahr 2016

Chris ging auf das große Bürogebäude in der Liberty Street zu. Das Rauschen des Verkehrs und das Hupen der Autos nahm er gar nicht mehr wahr. Auch nicht den Mix aus Abgasen und sonstigen Großstadtgerüchen, der ihn jeden Morgen empfing. Er schaute den Wolkenkratzer hinauf, das Größenverhältnis zwischen ihm und dem Haus hatte in all den Jahren nichts an Faszination verloren. So musste sich also eine Ameise fühlen, der Gedanke, der ihn beim Anblick immer in den Kopf kam. Nur das Ameisen halt keinen Anzug oder eine Aktentasche trugen. Er ging auf die schwere Glastür des Eingangs zu, die sich behäbig öffnete. Chris trat in das Foyer und sein erster Blick fiel auf Fred, den Zeitungsverkäufer, der mit seinem Trolley und seinem Army Parker nicht so wirklich in das Bild passen wollte. Im Foyer ging es zu wie in einem Bahnhof; Männer in Anzügen, Frauen in schicken Kleidern und Kostümen versuchten eilig in einen der Fahrstühle zu gelangen. Das Klappern der Stöckelschuhe auf dem Marmorboden, gemischt mit den gedämpften Stimmen von Telefongesprächen und Unterhaltungen, hallte durch das Gebäude.

Wenn es etwas geordneter zugegangen wäre, hätte man das Foyer auch für einen Laufsteg halten können. Jeder wollte offensichtlich besser aussehen als der andere. Und mittendrin Fred, der mit seinem Parka und seiner Jeans in das Bild passte wie ein Obdachloser auf ein Hochzeitsfoto. Fred stand sonst immer mit seinem Trolley vor dem Gebäude aber er hatte dafür gesorgt, dass Fred drinnen stehen durfte und somit nicht permanent den Elementen ausgesetzt war. Eine Schlacht die er gerne geführt hat, denn es war nicht einfach die Zustimmung der Hausverwaltung zu erhalten. Seine Hartnäckigkeit hatte sich jedoch am Ende ausgezahlt.

»Guten Morgen Fred, wie geht es heute?« Seine Stimme hatte fast etwas Melodisches an sich, als er Fred begrüßte. »Schön dich wieder zu sehen«, ergänzte er und streckte seine Hand zur Begrüßung aus, als Fred plötzlich sämtliche Zeitungen vom Trolley auf den Boden glitten.

»Verdammt!«, brummelte Fred, »geht ja schon gut los!« Fred bückte sich, um die Zeitungen aufzuheben.

Chris stellte seinen Aktenkoffer ab, um Fred beim Einsammeln der Zeitungen zu helfen. Als er sich nach unten beugte, sah er wie sich Freds Hand im

Zeitlupentempo auf die Zeitungen zubewegte. Fred hatte sichtlich Schwierigkeiten seinen Arm zu bewegen. Wortlos sammelten beide die Zeitungen ein und stapelten sie wieder ansehnlich auf den Trolley. Chris stand auf, schaute Fred an und legte seine Hand vorsichtig an Freds Schulter.
»Dein Arm macht immer noch Probleme?«
»Die Liegestütze müssen noch warten ...«, erwiderte Fred grinsend, »naja, zumindest ist er noch dran. 4 Wochen ausgefallen wegen dem blöden Bruch... aber das wird alles schon wieder, no problemo.«
»Dein Optimismus ist wirklich ansteckend Fred. Gut dich wieder zu sehen.«
Er nahm eine Zeitung, gab Fred einen Dollar, griff seinen Aktenkoffer und ging zum Fahrstuhl. Ein mulmiges Gefühl machte sich plötzlich wieder in seinem Bauch breit.

Chris hatte noch keinen Schritt in das Vorzimmer zu seinem Büro gemacht, als ihn auch schon seine Sekretärin begrüßte: »Guten Morgen Chris, der Boarding Pass für deine Reise in die Slowakei liegt schon auf deinem Schreibtisch.«
»Guten Morgen Rachel.«

Er ging an seiner Sekretärin vorbei in sein Büro und stellte seinen Aktenkoffer neben den Schreibtisch. Chris Webb - General Sales Manager stand in großen Lettern auf dem Schild, das den aufgeräumten Glastisch zierte und jedem wissen ließ, wem dieser Tisch gehörte. Das Büro war schlicht und modern eingerichtet, alles im Raum war zwar funktionell, jedoch völlig emotionslos. Schreibtisch, Stuhl, grauer Teppich, Aktenschrank. Die einzige Zierde des Zimmers war die bunte, an der Wand hängende Weltkarte, gespickt mit kleinen farbigen Klebepunkten, die jeweils einen der weltweiten Verkaufsbüros darstellten. Um zu seinem Büro zu gelangen musste man durch ein Vorzimmer gehen, was von Rachel, seiner Sekretärin beherrscht wurde. Sie war die gute Fee in seinem Arbeitsbereich und kümmerte sich um ihn wie eine Mutter. Sie machte sein Leben um einiges einfacher und hielt ihm den Rücken frei, so dass er sich ohne Ablenkung um seine Aufgaben kümmern konnte.

»Du bist einfach zu gut zu mir, Rachel«, rief er ins Vorzimmer, als er sein Jackett an den Garderobenständer hängte.

»Im Gegensatz zu dir«, erwiderte Rachel lachend, stand von ihrem Stuhl auf und stellte sich in den

Türrahmen zu Chris' Büro.
Er hatte sich an seinen Schreibtisch gesetzt und starrte auf den vor ihm liegenden Boarding Pass. Tiefe Falten hinterließen kleine Gräben auf seiner Stirn.
»Du kannst dich auch ruhig mal freuen. Dein Gesichtsausdruck gefällt mir überhaupt nicht.« Rachels Stimme riss ihn aus seiner Lethargie. »Schließlich fliegt man ja nicht alle Tage nach Europa.«
Er schaute zu seiner Sekretärin auf und versuchte seinen Mund zu einem Lächeln zu formen. »Rachel, eigentlich hast du ja Recht. Ich werde an mir arbeiten.« Das gequälte Grinsen verschwand von seinem Gesicht.
»Übernimm dich aber bloß nicht dabei.«
Rachel drehte sich um und setzte sich zurück an ihren Schreibtisch. Sie schaute noch einmal kurz zu Chris bevor sie mit ihrer Arbeit weitermachte.

Einen Teil seiner Zeit verbrachte Chris bei den Tochterfirmen im Ausland. Eine davon hatte ihren Sitz in der Slowakei. Der Reise dorthin sah er mit gemischten Gefühlen entgegen. Gefühle, sie waren für ihn wie Mayonnaise auf einem Hamburger, unpassend zum Fleisch und einen komischen Geschmack hinterlassend. Gefühle gehörten auch nicht in die Kategorie seiner Stärken. Für ihn machten sie einen Menschen angreifbar. Sie waren wie eine Seuche, die er meinte schon vor vielen Jahren ausgerottet zu haben. Gefühle, Ventile für Menschen die sich nicht unter Kontrolle haben. Hinter dieser These konnte er sich gut verstecken, um der Wahrheit auszuweichen. Nachdem er in jungen Jahren auf die Nase gefallen war, hatte er sich geschworen, dass ihm das nie mehr passieren würde. Das war für ihn die sicherste Variante. In den Augen der Kollegen machte ihn diese Einstellung zu einer kalten und empathielosen Person. Vielleicht war er das im Laufe der Zeit auch geworden, ohne dass ihm das bewusst war. Aber mittlerweile hatte sich alles verändert. Dazu noch dieser Trip. Allein der Gedanke daran kreierte in seinem Inneren ein heilloses Durcheinander. Er, der sich sonst immer unter Kontrolle hatte, musste sich plötzlich mit Regungen auseinandersetzen, die bei ihm eine Hilflosigkeit erzeugte, die er sonst nie gekannt hatte. Chris stand auf und schaute ängstlich auf die Weltkarte, die hinter ihm an der Wand hing. Sehnsüchtig legte er die Hand auf Europa. Seine Gedanken warfen ihn zurück in die Vergangenheit.

Eines Tages, ob Du 14, 28 oder 65 Jahre alt bist, wirst Du auf jemanden treffen, der ein Feuer in Dir entfacht, was nicht mehr ausgelöscht werden kann.

Beau Taplin

New York - Sommer 2008

Chris saß an seinem Schreibtisch und bereitete eine Präsentation vor, als Rachel plötzlich von ihrem Stuhl im Vorzimmer aufstand und sich in den Türrahmen zu seinem Büro stellte: »Chris, noch 2 Stunden, vergiss nicht die neue Mitarbeiterin abzuholen.«
Seine Sekretärin sah ihn auffordernd an.
Er schaute auf die Uhr seines Telefons und nickte ihr wortlos zu, als sein Chef das Vorzimmer betrat.
»Hallo Rachel!«, grüßte der Chef, ging an ihr vorbei und betrat das Büro von Chris.
»Guten Morgen Herr Morrison!«, antwortete Rachel und setzte sich zurück an ihren Platz.
»Chris, ich muss gleich zum Punkt kommen, da ich heute noch zu einem Kunden muss.«
Der Chef stellte sich vor seinen Schreibtisch.
»Klappt alles mit der Erweiterung unseres Geschäfts in Europa? Gibt es noch etwas, was wir vor dem ersten Meeting zu besprechen haben?«
Chris stand von seinem Stuhl auf und erklärte kurz den aktuellen Status. Der Gesichtsausdruck des Chefs während seiner Ausführungen signalisierte ihm, dass alles wie gewünscht verlief.

»Perfekt«, bemerkte der Chef sichtlich zufrieden und ging zur Tür des Büros. Er drehte sich nochmal zurück und sah ihn lächelnd an: »Make it rain!«

»Immer«, erwiderte er den Kommentar seines Chefs mit einem zustimmenden Nicken und Daumen-hoch-Zeichen.

Er setzte sich zurück an seinen Schreibtisch und schaltete seinen Computer aus. Sein Blick wanderte wieder zu seinem Telefon, um die Uhrzeit zu checken. Anderthalb Stunden bis zur Ankunft der Mitarbeiterin aus der Slowakei. Ausreichend Zeit um noch einen Kaffee zu holen, dachte er sich und verließ sein Büro. Kinderspiel, alles reine Routine. Tagesgeschäft, nur eben in anderen Ländern.

Chris stand etwas verloren in der Ankunftshalle des Flughafens. Es war ein schöner Sommertag, Sonnenstrahlen fielen durch die Fenster im riesigen Dach und erhellten die gesamte Halle. Ein leichter Hauch von Kerosingeruch, der ab und zu in die Halle drang, kündigte jeweils eine gelandete Maschine an. Mira Irazova stand auf dem Schild, welches er vorsichtshalber mitgebracht hatte und sich vor den Bauch hielt. Irgendwie kam er sich damit vor wie ein Chauffeur. Fehlte nur noch die Mütze. Die Vorstellung amüsierte ihn ungemein, dass er innerlich lachen musste. Er hatte sich direkt vor dem Sicherheitsausgang positioniert, damit Mira ihn sofort sehen konnte, wenn sie herauskam. Er hatte sie noch nie gesehen, nicht einmal ein Bewerbungsfoto. Immer noch amüsiert beobachtete er die ankommenden Menschen, die stoßweise aus dem Ausgang traten, kurz aufgehalten durch eine Sicherheitstür, die sich im Sekundentakt klackernd öffnete, um Einlass in die Halle zu gewähren. Es ging zu wie im Taubenschlag, hier ein Kuss, da eine Umarmung, Chris vertrieb sich die Zeit damit, die Reaktionen der Einzelnen zu studieren. Sein Blick wanderte zur Ankunftstafel. 'Gelandet' blinkte in gelben Buchstaben neben der Nummer des Fluges von Mira. Da kam auch schon die nächste Traube von Menschen, die in die Ankunftshalle traten. Eine Frau trat aus der Menge, blieb kurz stehen und ließ ihren Blick suchend durch die wartenden Menschen wandern. Ihre Blicke trafen sich, das konnte Mira sein. Sie ging mit einem strahlenden Lächeln auf ihn zu. Das schicke Kleid, das sie trug, betonte bei jeder Bewegung perfekt ihre sportliche

Figur. Jeder Einfall von Sonnenlicht durch die Oberlichter der Halle verleihte ihrem blonden Haar zusätzlichen Glanz. Ihre Augen ließen keinen Moment von ihm ab.
»Mira Irazova?«, er streckte seine Hand aus.
»Hallo, bist du Chris oder der Chauffeur?« Mira griff seine Hand.
»Beides«, seine Stimme geriet ins Stocken. Er war sonst bestimmt nicht um Worte verlegen, aber der sanfte Tonfall ihrer Stimme hatte etwas Fesselndes. Wenn er sich die Stimme eines Engels hätte vorstellen müssen, dann war die ihre ein Volltreffer. Ihre Schönheit und ihr Wesen ergriffen ihn ohne jegliche Vorwarnung. Früher hatte er beruflich viel mit schönen Frauen zu tun, Models für Fotoshootings auswählen und casten, da warf ihn nichts aus der Bahn. Ihre Schönheit allein war es aber nicht was ihn anzog. Es war ihre Aura, die ihn sofort vereinnahmte. So etwas hatte er noch nie erlebt. Ihr Blick in seine Augen erfüllte ihn mit einem unbeschreiblichen Gefühl, dass seinen Körper durchdringte, als würde sie direkt in seine Seele blicken. Obwohl sie sich das erste Mal sahen, fühlte er eine Vertrautheit, die einer Ewigkeit entsprungen sein musste. Eine für ihn bisher un-

bekannte Gefühlswelt öffnete sich wie die unerwartete Eruption eines Vulkans. Bevor Chris seinen Gedanken zu Ende bringen konnte, wurde ihm bewusst, dass er Miras Hand immer noch festhielt. Zu spät. Mira lächelte ihn an und überspielte damit die etwas komische Situation, als Chris ihre Hand losließ.

»Hier entlang«, stammelte Chris und drehte sich in Richtung Ausgang, »darf ich dir den Koffer abnehmen?« Er hatte sich wieder halbwegs in den Griff bekommen.

»Gerne«, erwiderte Mira und gemeinsam gingen sie zum Parkhaus. So etwas hatte er heute nicht erwartet.

Nachdem Chris Mira zum Hotel gebracht hatte, fuhr er zurück in die Firma und eilte wortlos zum Herrenklo. Er riss die Tür auf, ging zum Waschbecken und drehte den Wasserhahn auf kalt. Das Wasser lief in seine Hände und er begrub sein Gesicht in die kleine Pfütze, die sich langsam zwischen seinen Fingern gebildet hatte. Das eiskalte Wasser verursachte bei der Berührung mit seiner Haut einen kurzen Kälteschmerz, der ihn zurück in die Realität brachte. Chris schaute in den Spiegel und holte tief Luft, das Wasser lief sein inzwischen rot angelaufenen Gesicht herunter. Was war das denn? Sein Innerstes war in völligem Aufruhr, mit überwältigenden Gefühlen, die er weder zuordnen noch bändigen konnte.

Es war nicht mein Ohr in das Du geflüsterst hast, sondern mein Herz. Es waren nicht meine Lippen die Du geküsst hast, sondern meine Seele.

Judy Garland

Chris fuhr zurück zum Hotel um Mira abzuholen. Er hatte sie zum Abendessen eingeladen. Die Sonne begann sich langsam mit einem orangegelben Farbspiel am Himmel zu verabschieden. Seine Fassung hatte er zurückerlangt. Zumindest äußerlich. Als er aus dem Auto stieg, fühlte er eine innere Nervosität, die er noch aus seiner Jugend kannte. Das erste Date, das erste Treffen mit einem Mädchen, all diese Gefühle kamen plötzlich wieder aus der Abstellkammer seiner Erinnerungen. Geister, die er lieber in der Vergangenheit gelassen hätte. Er betrat das Hotel und in der Hotellobby prüfte er noch schnell in einem der im Fahrstuhlbereich vorhandenen riesigen Spiegel den Sitz seiner Frisur. Der alte Trick, hänge bei den Fahrstühlen Spiegel auf, der Gast ist mit sich selbst beschäftigt und vergisst die Wartezeit. Im Spiegelbild sah er Mira aus einer der sich öffnenden Fahrstuhltüren heraustreten. Ihr Anblick war atemberaubend. Er drehte sich um und ging auf Mira zu.
»Guten Abend Mira.«
»Guten Abend.«
»Alles in Ordnung mit dem Zimmer?«, fragte Chris als sie zum Ausgang gingen.
»Bis auf die Kakerlaken.«

Er zuckte kurz zusammen und an ihrem schelmischen Lächeln erkannte er, dass es nur ein Scherz war. Er musste lachen: »Da habe ich dann für heute Abend einen gut.«

»Wir werden sehen«, erwiderte Mira. Ein Lächeln schmückte ihr Gesicht.

»Wo wollen wir essen gehen?«, fragte er, »Lass mich raten, du bevorzugst italienische Küche?«

»Gar nicht so schlecht, Chauffeur und Hellseher, beeindruckend …«, bemerkte Mira.

»Das ist noch längst nicht alles, aber der Abend ist ja noch jung.«

Er ließ Mira den Vortritt und lachend verließen sie das Hotel.

Mira und Chris betraten das Restaurant, das er ausgesucht hatte. Es war sehr behaglich und typisch italienisch eingerichtet. Das leicht schummrige und warme Licht erzeugte eine entspannte Atmosphäre, ein angenehmer Geruch von frisch gebackener Pizza entsprang dem Steinofen, der eine Ecke des Restaurants einnahm.

»Guten Abend! Zwei Personen?«, fragte der Ober, der die beiden am Eingang begrüßte.

»Zwei Personen. Wir hätten gerne eine gemütliche Ecke«, antwortete Chris.
»Kein Problem, hier entlang.«
Der Ober nahm zwei Speisekarten aus dem Empfangspodest und ging in das Restaurant. Chris ließ Mira den Vortritt und sie folgten dem Ober, der sie in den hinteren Teil des Restaurants brachte. Er legte die Speisekarten auf den für sie vorgesehenen Tisch, nahm Miras Jacke entgegen und hing sie auf einen Bügel. Beide setzten sich und sahen sich wortlos an, bevor sie anfingen die Speisekarte zu studieren.
Mira und Chris verstanden sich auf Anhieb und beide genossen es sichtlich den Abend miteinander verbringen zu können. Miras Offenheit und Vertrauen, das sie ihm in der Unterhaltung entgegenbrachte, ließ sein Herz schmelzen wie einen Eisgletscher. Chris war in seinem Leben noch nie so entspannt und glücklich wie in ihrer Gegenwart. Sie aßen und unterhielten sich bis in die Nacht hinein.

Zurück vor dem Hotel standen Mira und Chris im Dunkeln vor dem Hoteleingang. Die Stille der Nacht hatte die Stadt erfasst, einzig die Geräusche

eines einzelnen vorbeifahrenden Autos waren im Hintergrund zu hören. Er sah Mira an und wollte etwas sagen, brachte aber kein Wort heraus. Der Abend konnte doch jetzt nicht so einfach zu Ende sein?
»Vielen Dank für den schönen Abend«, begann Mira, »ich habe mich wohlgefühlt.«
»Ja, es war ein wunderschöner Abend.«
Seine Gefühle fingen plötzlich wieder an Salsa zu tanzen. Er wollte noch etwas ergänzen, aber seine Zunge war wie angeklebt. Er wollte einfach noch nicht loslassen. Mira streckte ihre Hand aus.
»Gute Nacht Chris, bis morgen früh dann.«
»Gute Nacht Mira, sweet dreams«

Er sah ihr noch nach, bis sie hinter der Eingangstür des Hotels verschwunden war. Nachdenklich ging er zu seinem Auto. Mit seiner neuen Gefühlswelt musste er sich jetzt erst einmal arrangieren. Nur wie, das war ihm noch nicht klar.

Je höher man die Mauern um sein Herz baut, umso tiefer fällt man, wenn jemand diese Mauern einreißt. Du hast sie eingerissen und neu aufgebaut. Diesmal aber mit einer Tür und Fenstern, die den Sonnenschein ins Herz gelangen lassen.

Unbekannt

Am nächsten Morgen betraten Mira und Chris die Eingangshalle des Bürogebäudes und wie jeden Morgen stoppte Chris bei Fred, um seine Zeitung zu kaufen.
»Guten Morgen Chris, heute in Begleitung? Guten Morgen Miss!« Fred senkte zur Begrüßung seinen Kopf in Richtung Mira während er den Dollar von Chris entgegennahm.
»Darf ich vorstellen, Frau Irazova.«
»Nett Sie kennen zu lernen«, erwiderte Fred.
»Gleichfalls.«
»Nehmen Sie sich vor dem Mann hier auf jeden Fall in acht!«, sagte Fred lachend.
»Gibt es etwas, was ich wissen sollte?«, antworte Mira amüsiert.
Chris nahm seine Zeitung vom Trolley und blinzelte Fred vorwurfsvoll an: »Schönen Tag noch Fred - und danke für deinen Vertrauenszuspruch.«
Sie gingen zum Fahrstuhl und auf dem Weg schaute Mira kurz lachend zurück zu Fred. Auch Chris konnte sich ein Grinsen nicht verkneifen.

Das Meeting verging wie im Flug und immer wieder trafen sich ihre Blicke. Chris musste immer wieder zu Mira hinsehen. So wirklich konnte er sich nicht konzentrieren. Seine Gedanken waren überall, nur nicht bei seiner Präsentation.

Nach dem Meeting brachte Chris Mira zum Flughafen. Am Abflugterminal angekommen, parkte Chris das Auto, stieg aus und nahm ihren Koffer aus dem Kofferraum, den er auf den Bordstein stellte. Mit dem Abschied tat er sich ungewöhnlich schwer, da er sich langsam zu einer Herausforderung entwickelte, von der er noch nicht wusste, wie er damit umgehen sollte.
Er reichte Mira seine Hand: »Es war schön dich persönlich kennen zu lernen, ich hoffe der Besuch hat dir genauso viel Spaß gemacht wie mir.«
»Auf jeden Fall Chris, danke für alles. Ich freue mich schon auf den nächsten Besuch!«, antwortete Mira. Sie sah ihn mit ihrem unverwechselbaren Lächeln an, nahm ihren Koffer und ging in die Abflughalle. Vor der Tür drehte sie sich noch einmal um, schaute zu ihm zurück und winkte ihm zu, bevor sie hinter der Tür verschwand. Er winkte zurück, ging zu seinem Auto und öffnete langsam die Tür. Er setzte sich hinein und starrte

auf die Motorhaube, während er das Lenkrad umklammerte. Sie ging ihm nicht aus dem Kopf, ihr Gesicht hatte er immer noch vor den Augen. Was war bloß los mit ihm? Er hatte keine Erklärung. Er kannte sie doch erst seit zwei Tagen? Außerdem durfte er die Gefühle, die sich in ihm aufbauten gar nicht haben! Sie war schließlich eine verheiratete Frau! War er denn des Wahnes?

New York - Frühjahr 2016

Langsam schweiften seine Gedanken wieder in die Realität zurück. Realität, fast schon ein Schimpfwort, da es ihm unbarmherzig den ist-Zustand vor Augen hielt, der in keinster Weise seiner Wunschvorstellung entsprach. Chris nahm die Hand von der Weltkarte und suchte seine Reiseunterlagen zusammen, dabei fiel sein Blick auf die Zeitung. Jeden Morgen kaufte er eine Zeitung von Fred, obwohl er sie selbst nie las. Für Chris war das seine Art von Unterstützung, guter Tat oder welche Definition man auch immer als passend empfindet. Fred ist ihm im Laufe der Jahre ans Herz gewachsen und als er die Zeitung sah, musste er an ihn denken. Auch wenn es Fred sich nicht anmerken ließ, so mussten die 4 Wochen Abwesenheit sein Einkommen extrem geschmälert haben.

»Rachel, weißt du was Fred früher gemacht hat?«, rief Chris ins Vorzimmer.

»Nein, keine Ahnung«, erwiderte Rachel, »vor einigen Jahren fing er hier an Zeitungen zu verkaufen. Du scheinst der Einzige zu sein, der sich wirklich mit ihm unterhält. Warum fragst du?«

»Ich frage mich die ganze Zeit wovon Fred lebt,

denn die Zeitungen allein, das kann doch vorne und hinten nicht zum Lebensunterhalt reichen?«
Chris nahm 100 Dollar aus seinem Portemonnaie und steckte das Geld in einen Umschlag.
»Keine Ahnung Chris, kannst ihn ja mal fragen!«, rief Rachel aus ihrem Büro.
Chris griff seine Brieftasche samt Koffer und ging ins Vorzimmer.
»Mach's gut Rachel, bis Freitag.«
»Mach's besser Chris. Falls etwas sein sollte rufe ich dich an. Guten Flug.«
»Danke Rachel.«
Chris verließ sein Büro und fuhr mit dem Fahrstuhl ins Erdgeschoss.

In der Eingangshalle steuerte Chris schnurstracks auf Fred zu und gab ihm im Vorbeigehen den vorbereiteten Umschlag.
»Was ist das?« Völlig verdutzt nahm Fred den Umschlag entgegen und schaute Chris ungläubig an. Chris ging unterdessen einfach weiter.
»Schöne Woche noch Fred. Bis Freitag!«
Ohne sich umzudrehen winkte Chris ihm mit einer Hand über seinem Kopf zu und verschwand durch die Eingangstür. Lachend stieg er in seinen

Shuttle, der ihn zum Flughafen brachte.

Fred sah Chris noch erstaunt hinterher. »Verrückter«, grummelte er zu sich selbst und öffnete kopfschüttelnd den Umschlag. Mit dem zum Vorschein kommenden 100 Dollar Schein hatte er jetzt nicht gerechnet. Was für eine Überraschung, ein Hauptgewinn, so fühlte es sich zumindest an. Ein freudiges Gefühl, dass seine Stimmung aufhellte. Er schaute nach draußen, aber Chris war schon verschwunden.

Chris betrat das Flugzeug, ging zu seinem Platz und verstaute seinen Koffer über den Sitzen. Er schwang sich auf seinen Sitz und schaute nachdenklich aus dem Fenster. Was ihn wohl diesmal in Europa erwartete? Auf der einen Seite freute er sich ja auf ein Wiedersehen. Wenn da bloß nicht die andere Seite wäre …

Ich vermisse jemanden, der nicht mein ist zu vermissen; Ich träume von jemanden, der nicht mein ist davon zu träumen; Ich liebe jemanden, der nicht mein ist zu lieben.

Unbekannt

Die Geschäftsreise war fast zu Ende, Mira und Chris machten sich mit dem Auto auf den Weg zum Flughafen. Nach jedem Besuch brachte Chris Mira noch zu ihrem Auto, das sie immer in der Nähe einer Autobahnausfahrt abstellte. Die Reise war wieder ein voller Erfolg. Wichtige Verträge wurden abgeschlossen und er konnte etwas Zeit mit Mira verbringen. Zeit, die für ihn aber viel zu schnell vorüberging.

Mira zeigte plötzlich nach rechts, als sich einige Hochhäuser an der Seite der Straße aufbauten: »Schau mal, hier habe ich gewohnt, als ich zur Uni ging.«
Er schaute aus dem Fenster und sah für Osteuropa typische Plattenbauten, die zumindest optisch saniert wurden. Er konnte sie nicht alle zählen, so groß war das Wohngebiet.

Sie fuhren noch eine Weile auf der Autobahn. Die Ausfahrt, an der sie abfahren mussten, kam immer näher und seine Stimmung sank auf einen Tiefpunkt. Im Auto hörte man leise den Lüfter rauschen, so still war es geworden. Mira saß neben ihm und obwohl sie sich sonst angeregt unterhielten, war er mit seinen Gedanken woanders.

Angestrengt schaute er auf die Straße, seine Handknöchel fingen an sich weiß zu verfärben, so fest umklammerte er das Lenkrad. Der innere Druck nahm immer mehr zu.
Natürlich war jedes Wiedersehen mit Mira immer etwas Besonderes. Aber nach jedem Treffen gingen seine Gefühle auf Achterbahnfahrt und er befand sich am Punkt kurz vor dem Absturz in die Tiefe. Wieder einmal. So ging das nun schon seit Jahren. Alle Versuche sich seiner Gefühle für sie zu entledigen, scheiterten bisher kläglich. Er hatte gehofft, dass der räumliche Abstand irgendwann dafür sorgen würde, dass sich seine Gefühle für sie verändern würden. Aber weit gefehlt. Im Gegenteil, es machte die Sache nur um einiges schlimmer, er vermisste sie umso mehr. Er hatte sich verliebt, nur konnte er ihr das nie sagen, denn sie war verheiratet. Eine Offenlegung seiner Gefühle könnte einen falschen Eindruck bei ihr erwecken. Was würde sie von ihm denken? Das er plötzlich Lust auf eine Affäre hätte? Dass er die Freundschaft, die sich im Laufe der Jahre entwickelt hatte, auszunutzen möchte? Mal davon abgesehen, dass Mira nun wirklich nicht der Typ Mensch wäre, der sich auf solche Spielchen einlassen würde. Es erschien ihm einfach unpassend

und ungehörig. Deshalb hielt er sich mit seinen Gefühlen, die er für sie hatte, zurück, was aber von Jahr zu Jahr schwieriger wurde.

Wie immer versuchte er sich nichts anmerken zu lassen und professionell zu bleiben. Cool und mit Eiswürfeln in der Hosentasche, nur die Haltung bewahren.

Mira saß neben ihm und sah ihn mitleidig an. Sie spürte, dass etwas in seinem Kopf vorgehen musste und versuchte ein Gespräch zu beginnen: »Morgen geht es dann nach Italien?« Das Lächeln in ihrer Stimme machte die Situation für ihn nicht einfacher.

»Ja, dann werde ich mir erst einmal eine schöne Pizza gönnen.« Seine Antwort klang selbst für ihn ziemlich abgedroschen. Zu einer Unterhaltung war er einfach nicht mehr fähig, zu groß war der Abschiedsschmerz. Er schaute wieder wortlos nach vorn auf die Straße. Wie sollte er mit der Situation umgehen? Verzweiflung machte sich in ihm breit. Der Moment loszulassen nahte. Loslassen was er gerne festgehalten hätte. Seine Gefühle waren auf dem Tiefpunkt. Er wollte noch etwas sagen, brachte aber kein Wort über die Lippen. Mira konnte seinen Schmerz sehen und ihr Gesichtsausdruck machte klar, dass sie mit ihm fühlen musste.

An Miras abgestelltem Auto angekommen, stiegen beide aus dem Wagen. Chris ging auf Miras Seite und half ihr in ihren Mantel.
»Wir sehen uns in 3 Wochen beim Jahresmeeting«, sagte Mira, als sie sich zu ihm umdrehte.
Drei Wochen, eine Ewigkeit. Warum nicht morgen, es war jedoch nur sein Wunschdenken, was zu ihm sprach.
»In drei Wochen. Komm gut nach Hause!« Seine Mundwinkel versuchten sich an einem Lächeln.
»Danke Chris, guten Heimflug. Komm ebenfalls gut nach Hause.«
Mira gab ihm einen Kuss auf die Wange, setzte sich in ihr Auto und fuhr langsam vom Parkplatz. Sie winkte ihm beim Wegfahren zu und er sah ihr noch hinterher bis der Wagen am Horizont verschwunden war. Mit am Horizont entschwand auch ein Teil von ihm.

Chris öffnete die Tür zum Hotelzimmer und stellte seinen Koffer auf eine kleine Ablage. Die buchefarbene Einrichtung gab dem Zimmer zwar ein freundliches Flair, aber die 90er Jahre hatten das Zimmer nie verlassen. Ein unbeschreiblicher Schmerz befiel ihn. Kein körperlicher Schmerz, sondern ein dumpfer, stechender Druck, der direkt seine Seele zu erdrücken drohte. Er ließ sich aufs frisch gemachte Bett fallen und starrte an die Decke. Was sollte er bloß tun? Gab es denn keinen Hoffnungsschimmer? Die Situation war völlig außerhalb seiner Kontrolle. In seinem Leben stand er schon oft vor schwierigen Situationen, die er trotz aller Widrigkeiten irgendwie gemeistert hatte. Diesmal war aber alles anders. Das Labyrinth in dem er sich befand, kannte keine Gnade und vor allem keinen Ausweg. Verzweiflung kam wieder auf. Wie sollte es also weitergehen? Fühlte nur er das Feuerwerk was immer stattfand, wenn sie zusammen waren? Sie war in der Lage ihn derart zu fesseln, dass er alles um sich herum ausblendete, die Welt bestand dann nur noch aus ihr und ihm. Jede Minute mit ihr war nicht mit Gold aufzuwiegen. Für nichts in der Welt hätte er es getauscht.

Er war verliebt, daran gab es keine Zweifel. Doch jemanden zu lieben mit dem man nicht zusammen sein kann? Gab es etwas Schlimmeres?

Die Schmerzen die dieser Gedanke verursachte, überschritten jegliche Erträglichkeit. Diese Liebe war von Anfang an zum Scheitern verurteilt, denn schließlich war sie vergeben. Das war ihm bewusst und deshalb versuchte er auch immer wieder seine Gefühle zu verbannen, was aber bei jedem Anlauf so erfolgreich war wie der Versuch den Atlantik auf dem Grund zu durchqueren.

Er kam sich vor wie ein Idiot. In was für eine Situation hatte er sich da hineinmanövriert? Dabei hatte er doch gar nichts getan. Er hatte nichts initiiert, nichts absichtlich gewollt. Liebe war etwas, was nicht in seinem Einflussbereich lag und sich nicht einfach auf Abruf abstellen ließ. Diese Feststellung war so ernüchternd wie auch schmerzhaft.

Jedes Treffen hinterließ eine tiefe Wunde in seinem Herzen und es dauerte immer mehrere Wochen bis sich sein Leben normalisiert hatte. Die Wunde jedoch, sie schloss sich nie gänzlich, so dass er gefühlsmäßig langsam aber sicher innerlich verblutete. Wären beide Single, dann hätte er schon die Initiative ergriffen und mit ihr über seine Gefühle für sie gesprochen. Das wäre aber wohl zu einfach gewesen. Leider war das Leben weder einfach noch barmherzig, sonst hätte es ihm schon eine Antwort auf die ihn quälende Frage gegeben: was sollte er in seiner Situation tun?

Nichts verfolgt uns mehr, als die Dinge die wir nicht aussprechen.

Mitch Albom

Chris betrat die Business Lounge im Flughafen. Die Stille hatte fast etwas Unheimliches, in der Hektik und Geräuschkulisse eines Flughafens war dies wahrlich eine Oase der Ruhe. In dem großen Raum verteilt standen überall lederne Stühle und Sessel mit kleinen Tischen, der Geruch von frischem Kaffee war eine willkommene Abwechslung zum üblichen Duftpotpourie eines Flughafens. Chris suchte sich einen Platz in der Lounge, setzte sich auf einen der Stühle, nahm sein Handy aus der Tasche und starrte auf ein Foto von Mira. Er hatte langsam das Gefühl die Kontrolle über sich zu verlieren und wahnsinnig zu werden. Was soll ich bloß tun? Immer wieder musste er an sie denken und immer wieder stellte er sich diese Frage. Egal was er auch anstellte, sie ging ihm nicht aus dem Kopf. Sollte er sich ihr vielleicht doch offenbaren und mit ihr sprechen? Es schien die einzige Möglichkeit seiner Lage Herr zu werden. Schweigen ließ ihn innerlich eingehen, wie eine Pflanze die langsam aber sicher austrocknet. Eine Alternative wäre noch sich in die Klappsmühle einliefern zu lassen. Er war sich bewusst, dass er keine Chance bei ihr hatte. Aber was machte ihn da so sicher? Aufgeben lag ihm noch nie, aber er war auch Realist genug die Situation einzuschätzen. Auch die Folgen seines Tuns waren ihm bewusst, die seine Zweifel weiter nährten. Er hatte regelrecht das Gefühl zu platzen. Er brauchte ein Ventil. Leider war da niemand dem er sich anvertrauen konnte. Die einzige Person wäre eben nur Mira. Sie war diejenige, die den Schlüssel zu seinen innersten Geheimnissen besaß, die einzige, die überhaupt Zugang zu ihm hatte. Anderen Menschen gegenüber war er sehr verschlossen. Ja es gab einige Dinge, die er über Gebühr preisgab. Aber niemand hatte freien Zugang zu seinem Herz und seiner Seele wie sie. Mira besaß, ohne es zu wissen die Schlüssel zu seinem Herz und hatte Zutritt wo außer Gott niemanden vorher Zutritt gewährt worden war. Frustriert warf er sein Handy auf den Tisch, nahm seinen Laptop aus dem Aktenkoffer und sah sich zur Ablenkung einen Film an.

Zurück in New York betrat Chris am nächsten Morgen das Foyer des Bürogebäudes und ging auf Fred zu. Am liebsten wäre er umgedreht und wieder nach Hause gefahren. Seine Stimmung war immer noch auf dem Tiefpunkt.

»Guten Morgen Fred, wie schaut's?«, entwich es Chris etwas gezwungen. Er versuchte Freds Blick auszuweichen, schaute auf den Trolley und nahm eine Zeitung.

»Das sollte ich Dich lieber fragen! Siehst ja heute aus als hättest Du Deinen besten Freund verloren?«

»So ähnlich Fred, nur schlimmer. Aber das Leben muss weitergehen.« Chris schaute Fred an, gab ihm einen Dollar, senkte seinen Blick und trottete weiter ins Gebäude.

So hatte Fred Chris noch nie gesehen. Es musste etwas Monumentales passiert sein, dass Chris sich so verhielt. Fred kannte Chris nun schon viele Jahre und hatte ihn auch schon missmutig gesehen. Das war jetzt neu. Er wollte noch etwas sagen, aber Chris war schon weitergegangen und schlenderte zielstrebig in den Fahrstuhl.

Gefühle die man für jemanden hat, hören nicht einfach so auf. Sie lassen sich auch durch nichts aufhalten, denn das Herz lässt sich nicht so einfach überlisten. Deshalb wirst Du nie aufhören jemanden zu lieben. Entweder Du hast ihn nie geliebt oder Du wirst es für immer tun.

Unbekannt

Chris betrat sein Büro, setzte sich auf seinen Stuhl und starrte teilnahmslos auf den dunklen Monitor, der vor ihm auf dem Schreibtisch stand. Er war etwas früher eingetroffen, Rachel war noch nicht im Büro. Seine Hand fing an leicht zu zittern, was ihn aus seiner Starre zu erwecken schien. Nach außen hatte er sich sonst unter Kontrolle, innere Unruhen konnte er immer geschickt überspielen. Diesmal gelang ihm das aber nicht. Das Gefühl jemanden zu lieben und nicht mit ihr zusammen sein zu können, zerriss ihn innerlich. Seine Seele hatte einen emotionalen Totalschaden erlitten.

Wieder begannen die Planspiele in seinem Kopf, die bisher nie mit einem greifbaren Ergebnis endeten. Ordnung in seiner Gedankenwelt, das stand deshalb ganz oben auf seiner Wunschliste. Er musste sich unter Kontrolle bringen, denn er war dabei seinen Verstand zu verlieren.

Es war ihm absolut schleierhaft, wie ihm so etwas passieren konnte. Er, der Gefühlskalte, ausgerechnet ihn hatte es eiskalt erwischt. Darüber kam er nicht hinweg. Mira hatte bei ihm eine Tür zu einer Welt geöffnet, die er verschlossen hatte. Nun fühlte er sich hilflos; er konnte sich nicht mehr konzentrieren, zu jeder neuen Aufgabe musste er sich regelrecht zwingen. Nach außen freundlich und fröhlich, innen zerrissen und aufgewühlt. Alle Bemühungen sein Gefühlsproblem rational zu lösen, scheiterten ebenfalls kläglich. Das konnte es nun wirklich nicht sein. Es musste eine Lösung her. So wollte er nicht mehr weitermachen.

Sollte er ihr wirklich von seiner Zuneigung erzählen? Prinzipiell musste es zu einer Absage führen. Oder sie würde ihn auslachen. Über seine Annahme, dass sie ihn überhaupt in Erwägung ziehen würde. Das Gefühl, dass es vielleicht ein Fehler sein könnte das Thema anzusprechen, nagte an ihm unerbittlich - aber was konnte er sonst tun?

Je mehr er darüber nachdachte, desto verworrener wurde die Situation für ihn. Wie er es in seinem Kopf auch drehte und wendete, es gab nur eine Möglichkeit: er musste sich jetzt einfach öffnen, egal wie das Ergebnis ausfallen würde. Sich ihr zu offenbaren, das war nicht sein wirkliches Problem. Dass sie ihn dafür verachten könnte, davor hatte er am meisten Angst. Im Moment fand ja alles im kontrollierten Raum statt, aus dem sich jeder nach Belieben entfernen konnte. Dies würde sich schlagartig ändern, wenn er ihr seine Gefühle mitteilen würde. Es würde alles aus den Angeln heben. Die Aussicht damit die Freundschaft zu zerstören und sie für immer zu verlieren, verursachte den gleichen Schmerz wie seine Zurückhaltung.

Was soll ich bloß tun?, schrie es in seinem Kopf. Es für sich zu behalten und nichts zu sagen? Sein sicherer seelischer Tod. Nun ist ja nicht alles schwarz und weiß. Wenn er Mira nicht komplett fehl einschätzte, dann war da ebenfalls etwas vorhanden. Aber dafür gab es keine Garantie. Und frühere Fehleinschätzungen in seiner Jugend brachten ihn schon einmal in die Bredouille. Was wenn sie kündigen würde seinetwegen? Er würde sich das niemals verzeihen.

Chris hatte plötzlich einfach nur Angst. Aber wovor hatte er Angst? Angst vor der Antwort? Die Offenlegung seiner Gefühle würde das Leben beider einschneidend verändern, egal wie die Antwort ausfallen würde. Wollte er ihr das antun? Wieder kamen Zweifel auf. Welche Auswirkungen würde es haben? Wäre es überhaupt angebracht mit ihr als verheiratete Frau über seine Gefühle für sie zu reden? Sein Wille aus der momentanen Situation auszubrechen war stärker als die Gedanken, die seine Zweifel nährten. Für ihn

blieb nur der Weg vorwärts, mit allen Konsequenzen.
Chris bemerkte eine gewisse Selbstsucht, die sich, je länger er darüber nachdachte, eingeschlichen hatte. Es ging immer nur um ihn und was er wollte. Was Mira wollte und wo sie stand war immer nur zweitrangig. Dabei war das ja das Wichtigste. Wäre sie überhaupt gewillt für ihn ihr Leben zu verändern? Er hatte nicht die Absicht Mira in ihren Gefühlen zu verletzen und sie dabei in eine missliche oder gar unangenehme Lage zu bringen.
Blieb noch die Option aufzugeben, aber das lag ihm nicht. Er hatte noch nicht alles versucht, noch nicht alles geklärt um aufzugeben. Wenn er jetzt kapitulieren würde, dann wäre sein Schmerz endlos und er würde nie aus dem Gefängnis seiner Gefühle ausbrechen können, in dem er seit Jahren sein eigener Häftling war. Er konnte und wollte nicht mehr davonlaufen. Er liebte Mira. Punkt. Fakt war jedoch, dass er nicht wusste, ob sie ebenso fühlte. Um es herauszufinden musste er sich der Sache also stellen. Auch unter der Gefahr, dass Mira seine Gefühle nicht erwiderte oder erwidern konnte. Es gab nur die Option mit Mira zu

sprechen, der Weg vorwärts mit allen Konsequenzen. Er wollte, nein er musste reinen Tisch machen, seine Gefühle und die damit verbundene Ungewissheit waren nicht mehr zu ertragen.
Es war ein unkalkulierbares Risiko, dessen war er sich bewusst. Ihr Nein hatte er ja schon, er konnte also nur gewinnen. Und bei einer Ablehnung? Darüber wollte er lieber nicht nachdenken.
Nach dem nächsten Jahresmeeting wäre eine gute Gelegenheit mit ihr zu sprechen, die würde er nutzen. Chris schaltete seinen PC an und begann mit seiner Arbeit.

Still wie in einer Kirche war es im Foyer des Bürogebäudes geworden, die offizielle Arbeitszeit der im Gebäude ansässigen Firmen war schon lange zu Ende. Ein kurzes leises Klingeln kündigte die Ankunft eines Fahrstuhls an. Chris trat aus dem Fahrstuhl in das Foyer und sah Fred wartend am Ausgang stehen. Freds Trolley war schon zusammengepackt, bereit zum nächsten Einsatz.
»Was machst Du denn noch hier?«, fragte Chris erstaunt, als er Fred erreichte.
»Das Gleiche könnte ich dich auch fragen«, erwiderte Fred, »Chris, danke für den Umschlag, das

hilft mir wirklich weiter.«

Chris nickte mit einem Lächeln. »Du willst mir doch nicht allen Ernstes erzählen, dass du hier gewartet hast, um mir das zu sagen? Das hätte doch bis morgen Zeit gehabt.«

»Heute Morgen wäre eigentlich der richtige Zeitpunkt dafür gewesen, aber du warst nicht wieder zu erkennen. Was ist los mit dir?«

Freds Kommentar überraschte ihn: »Was soll denn los sein?« Nervös steckte er seine Hand in die Hosentasche.

»Ich sehe dich jeden Morgen seit vielen Jahren, mir kannst du nichts vormachen«

»Bin nur etwas Müde. Das ist alles«, versuchte er auszuweichen.

Freds Augenbrauen hebten sich merklich, auffordernd schaute er ihn in die Augen. Er kratzte sich nachdenklich am Kopf und zögerte einen Moment: »Weißt du Fred, das ist gar nicht so einfach zu erklären.«

Fred sah ihn fragend an. Chris dachte sich, dass es nicht schaden könnte mit jemanden zu sprechen. Zumal Fred auch nicht lockerließ. Er war Fred zwar keine Rechenschaft schuldig, aber irgendwie auch froh darüber reden zu können.

»Dummerweise habe ich mich…«

Nach den ersten Worten kam er sich dann doch albern vor: »Ach weißt Du, was soll ich dich damit belasten...«

Chris wollte weitergehen, als Fred ihn an der Schulter festhielt.

»Ja und weiter? Du willst mich doch jetzt nicht so halbgar hängen lassen.« Mit ruhiger Stimme forderte Fred ihn auf weiter zu reden.

»Fred ich befinde mich in einem großen Schlamassel und weiß nicht wie ich da rauskommen soll.«

»Wenn du reingekommen bist, dann gibt es auch einen Weg raus.«

»Hast du gut gesagt Fred, aber im Moment sehe ich wahrlich kein Licht am Ende des Tunnels. Ich wünschte ich könnte mich in eine Zeitmaschine setzen und zurückbeamen lassen. Manchmal frage ich mich wie es wäre, wenn man mit dem Wissen von heute noch einmal von vorne starten könnte?!«

Fred runzelte die Stirn: »Meinst Du das würde helfen?«, seine Stimme klang eher nachdenklich als fragend, »und weiter? Spuck schon aus, was ist es denn, das dir über die Leber gelaufen ist?«

»Irgendwie ist mir das schon peinlich, ... Fred, ich habe unheimliche Gefühle für jemanden, dem ich das aber nicht sagen kann.«

»Und wenn du die Zeitmaschine hättest, würde dir das weiterhelfen …?«
»Absolut.«
»So schlimm also?«
»Irgendeinen Ratschlag Fred?«
»Die nette Dame, die du mir vor Jahren das erste Mal vorgestellt hast!« Fred blickte kurz nach oben und sah ihn anschließend wieder mit einem schelmischen Lächeln an: »Sie ist bestimmt die Glückliche, richtig?«
Er nickte kurz.
»Den Grund warum du es ihr nicht sagen kannst, will ich wahrscheinlich gar nicht wissen?«
»Ist tatsächlich kompliziert Fred.«
»Bist du denn absolut überzeugt, dass sie diejenige welche ist? Was macht dich da so sicher?«
»Fred, ihre Gegenwart lässt mich fühlen, wie ich sonst nie fühle. Ihre Abwesenheit lässt mich leiden, wie ich sonst nie leide.« Sein Gesicht erhellte sich, allein der Gedanke an sie ließ ihn schlagartig aufleben. Er wandte sich wieder der Tür zu. »Ich muss los. Danke fürs Zuhören!«
Er machte einen Schritt, als Fred ihn am Arm festhielt, so dass er sich noch einmal zu ihm drehen musste.

»Chris, lass den Kopf nicht hängen. Es wird immer eine Lösung geben.«
Chris schmunzelte: »Dein Wort in Gottes Ohr!«, und verschwand durch die Tür.

Alles was du brauchst sind 20 Sekunden wahnsinnigen Mutes und ich verspreche Dir, etwas Großartiges wird daraus resultieren.

Benjamin Mee

New York - 12. Juni 2016

Im großen Saal des Bürogebäudes stieg der Geräuschpegel schlagartig an, Unterhaltungen, vermischt mit dem Konzert von Stühlerücken und klingelnden Telefonen, das Jahresmeeting in New York ging zu Ende. Jedes Jahr trafen sich alle Mitarbeiter in der Zentrale um über den aktuellen Status ihres Landes zu berichten und Erfahrungen auszutauschen. Chris packte seine Unterlagen zusammen und blickte zu Mira, die neben ihm saß. Sie schaute ihn bereits mit einem Lächeln an. Er lehnte sich zu ihr und fragte mit leiser Stimme: »Bist du bereit?«

»Ich sollte mich noch kurz verabschieden«, antwortete Mira und stand von ihrem Stuhl auf.

»Kein Problem, ich warte hier auf Dich.«

Sie ging zum Geschäftsführer und begann sich mit ihm zu unterhalten. Chris nahm sein Telefon und schaltete es ein. 'Alles was Du immer wolltest, befindet sich auf der anderen Seite der Angst' stand in großen Buchstaben auf dem Bildschirm. Er schaute zu Mira und sah, dass sie zu ihm zurückkam. Er schaltete das Display aus und verstaute das Telefon in seiner Jackentasche.

»Können wir?«

»Auf geht's«, antwortete Mira.

Gemeinsam schlängelten sie sich durch die Menschengruppen, die sich überall gebildet hatten und verließen den noch immer gut gefüllten Saal.

Mira und Chris saßen in seinem Auto und waren auf dem Weg zum Flughafen. Chris war sichtlich nervös und konnte nur geradeaus schauen. Ab und zu blickte er Mira wortlos an. Mira blieb das nicht verborgen, sie hatte so etwas wie einen sechsten Sinn für die Gefühle anderer Menschen.

»Chris, ist alles in Ordnung?« Die Sorge in Miras Stimme war nicht zu überhören.

»Ja, ja alles in Ordnung.«

Ihre Frage ließ ihn schnell das Thema wechseln: »Wie hat dir das Meeting gefallen?«

»Wenn ich ehrlich bin war es wie immer, langatmig.«

Beide mussten lachen. Sie sinnierten noch etwas über das Meeting, wobei Chris mehr zuhörte als zu der Unterhaltung beizutragen.

Sie erreichten den Flughafen und Chris fuhr in das Parkhaus gegenüber der Abflughalle. Er

parkte das Auto auf dem nächsten freien Platz in der Nähe eines Ausgangs, schaltete den Motor aus und schaute auf die Uhr neben dem Tacho. Noch mehr als genug Zeit bis zum Abflug. Sie stiegen aus, Chris eilte zum Kofferraum, nahm Miras Sachen heraus und stellte sie neben das Fahrzeug. Er klappte den Kofferraum zu und sah Mira an: »Wollen wir noch einen Cappuccino trinken?«
»Wenn noch Zeit ist?«, erwiderte Mira.
»Ausreichend.«
»Dann gerne Chris, in der Abflughalle gibt es ein nettes Café. Lass uns dort hingehen«
Mira nahm ihren Koffer samt Aktentasche und begab sich in Richtung Ausgang. Doch bevor sie damit losgehen konnte, nahm er ihr den Koffer wieder ab.
»Soweit kommt es noch, dass du dich um deinen Koffer kümmerst, wenn ich dabei bin«, sagte er vorwurfsvoll.
»Danke«, antwortete sie mit einem Lächeln.

In der Abflughalle gingen sie durch die Menschenmenge zum Café, das sich unweit des

Security Checks befand. Mit seinen kleinen runden Tischen und den verzierten Stühlen hatte man beim ersten Betreten des Cafés den Eindruck sich in einem gemütlichen französischen Bistro zu befinden. Im Hintergrund lief leise Musik, die man nicht übertönen musste, um sich zu unterhalten. Das Aroma von frisch gekochtem Kaffee roch schon vor dem Café einladend. Sie suchten sich eine stille Ecke und stellten ihre Sachen ab. Chris half Mira mit ihrer Jacke und legte sie auf einen leeren Stuhl, als auch schon der Kellner am Tisch erschien.

»Zwei Cappuccino bitte!«, gab Chris dem Kellner in Auftrag als sie sich setzten. Er sah Mira an: »Möchtest du etwas essen? Ein Stück Kuchen vielleicht?«

»Das ist nett, aber danke nein.«

Der Kellner notierte die Bestellung auf seinem Block und verschwand zum Tresen als das Telefon von Chris anfing zu klingeln.

»Entschuldige bitte.« Chris nahm das Telefon aus seiner Jackettasche und tippte darauf, um das Gespräch anzunehmen. »Ja bitte?« Chris hörte einen Moment zu, als er den Anrufer unterbrach. »Können wir nachher darüber sprechen, im Moment habe ich keine Zeit. Ich melde mich. Danke.« Seine

Stimme klang etwas irritiert.

»Probleme?«, fragte Mira.

»Nichts Weltbewegendes«, antwortete er knapp und steckte sein Telefon zurück in das Jackett, als auch schon der Kellner mit den Cappuccinos kam.

»Vielen Dank«, sagte Mira zum Kellner, nachdem er die Tassen auf den Tisch gestellt hatte.

Fast gleichzeitig öffneten beide das beiliegende Tütchen und rührten den Zucker wortlos in ihren Cappuccino.

»Chris, was ist los mit Dir? Du gefällst mir gar nicht.« Mira sah ihn auffordernd an.

»Ach weißt Du Mira, mir geht es nicht so gut«, erwiderte er und hielt die Tasse mit beiden Händen, als würde sie ihm Halt bieten.

»Was ist los mit dir? Bist du krank?« Besorgt schaute Mira ihm in die Augen. Sein Blick senkte sich: »So ähnlich.«

Er machte eine kurze Pause: »Einen Tag bin ich ganz oben im Himmel, die nächste Minute tief in der Hölle.« Er hielt kurz inne, bevor er fortfuhr: »Ich versuche krampfhaft Churchills Ratschlag zu befolgen: Wenn du durch die Hölle gehst, geh einfach weiter.«

Mira war neugierig geworden und besorgt zugleich: »Was ist passiert?«

»Das weiß ich auch nicht so genau. Auch nicht wie es passiert ist. Nur das es passiert ist«

»Was denn?«, fragte Mira ungeduldig und platzte fast vor Erwartung.

Er holte tief Luft und sah Mira an: »Ich habe mich in eine Frau verliebt.«

»Ja und?« Miras Stimme klang interessiert und enttäuscht zugleich: »Was ist daran so ungewöhnlich?«

»Na ja, die Frau ist verheiratet und weiß noch nicht mal von ihrem Glück.«

Nervös rutschte er auf dem Stuhl herum, der Moment der Wahrheit war gekommen.

»Noch einen Wunsch?«, fragte der Ober, als er sich dem Tisch von Mira und Chris näherte.

»Danke alles gut«, antwortete Chris mit einem gequälten Lächeln.

»Wer ist denn die Glückliche?«, fragte Mira vorsichtig und nippte an ihrem Cappuccino ohne ihren Blick von Chris zu lassen.

Er zögerte einen Augenblick: »...Du Mira.«

Mira fiel fast die Tasse aus der Hand. Diese Offenbarung kam offensichtlich doch etwas unerwartet. Als er ihre Reaktion sah, wäre er am liebsten im Boden versunken. Aber es gab kein Zurück mehr. Er nahm all seinen Mut zusammen und sprach weiter: »Mira, immer, wenn wir zusammen sind fühlt es sich an, als ob wir zusammengehören. Und immer, wenn wir uns trennen müssen, dann fühlt es sich an, als ob ein Teil von mir herausgerissen wird und mit dir weggeht. Geht das nur mir so? Bilde ich mir das nur ein?« Ein fast flehender Unterton dominierte seine Stimme. Diesmal war es Mira, die nicht wusste wie sie reagieren sollte. »Meine Situation ist dir schon bewusst?«, erwiderte sie mit ernster Miene.

»Meinst du wir hätten eine Chance?«, fragte er etwas zurückhaltend. Die Angst vor der Antwort schwang in seiner Frage mit.

»Chris, ich kann nicht so einfach alles aufgeben. Selbst wenn ich genauso fühlen würde wie du ...« Sie stockte mitten im Satz und stand auf. Betroffen und traurig schaute sie auf den Boden und zögerte einen Moment. Er war ebenfalls aufgestanden, blickte Mira an und wusste nicht, was er erwarten sollte. Sie nahm ihre Kette mit den beiden Schlüsseln vom Hals, entfernte einen Schlüssel und legte ihn in seine Hand: »Diese Schlüssel hat mir meine Oma als Kind einmal gegeben ...« Ihre Stimme fing an zu stocken.

Verblüfft schaute er auf den Schlüssel in seiner Hand und wusste nicht was er sagen sollte. Mira

hatte sich die Kette mit dem verbleibenden Schlüssel wieder umgehängt, gab ihm einen Kuss auf die Wange, griff ihre Sachen und rannte aus dem Café zum Security Check. Wie ein Wasserfall schossen ihr die Tränen aus den Augen.
Eine Welt brach für ihn zusammen. Das hatte er nicht gewollt. Chris versuchte sie noch aufzuhalten und lief ihr hinterher. Fassungslos sah er, wie sie in der Kontrolle ankam und sich kurz umdrehte. Er erhaschte noch einen letzten Blick von ihr.
Chris war schockiert. Eine Welt der Illusionen war für ihn zusammengebrochen. Was hatte er denn erwartet? Dass sie ihn freudig umarmt? Er hatte sich Hoffnung gemacht, wo keine Hoffnung war. Das war nun der Preis, den er für seinen Realitätsverlust zahlen musste. Meinte er denn wirklich, dass er für sie eine Option sei und sie Hals über Kopf alles stehen und liegen lassen würde? Was hatte er bloß getan?
Er steckte den Schlüssel in seine Hosentasche, riss sein Smartphone aus der Jacke und versuchte sie anzurufen. Es klingelte und klingelte, aber Mira nahm nicht ab. So tippte er eine SMS und schickte sie an Mira: *'Liebe Mira, ich wollte dir wirklich nicht wehtun, es wäre besser gewesen ich hätte meinen*

Mund gehalten. Bitte verzeih mir. Ruf mich bitte zurück. LG Chris.'
Er steckte sein Smartphone zurück in die Jacke, nahm den Schlüssel den sie ihm gegeben hatte aus seiner Hosentasche und setzte sich auf einen der Wartebänke in der Halle. Er betrachtete den Schlüssel in seiner Handfläche. Warum hatte sie ihm den Schlüssel gegeben? Was sollte er damit anfangen? Ein letztes Souvenir?

Chris stieg in sein Auto und fuhr zurück Richtung Büro. Sein Kopf fühlte sich leer an.
Völlig in sich gekehrt sah er noch im letzten Moment die rote Ampel. Mit aller Kraft trat er reflexartig auf das Bremspedal. Das Auto machte einen plötzlichen Ruck, die Reifen quietschten, der Geruch von verbranntem Gummi drang tief in seine Nase. Die weiße Haltelinie war bereits unter dem Auto verschwunden, als er endlich zum Stehen kam. Seine Hand zitterte leicht, sein Herzschlag hatte sich erhöht; plötzlich war er hellwach. Glück gehabt, ist ja noch einmal gut gegangen. Er schaute in den Rückspiegel und da niemand hinter ihm stand, legte er den Rückwärtsgang ein und fuhr ein Stück zurück, damit er die

Ampel besser sehen konnte. Sein Herz flatterte immer noch, als die Ampel auf Grün schaltete und er losfuhr.

Auf den von der Seite kommenden Schatten konnte er nicht mehr reagieren. Gefolgt von einem lauten Krachen und einem Glassplitterregen wurde er auf den Beifahrersitz gedrückt. Seine Ohren fingen schlagartig an unerträglich zu dröhnen, es war das Letzte was er wahrnahm.

Passanten liefen zur Unfallstelle und zogen Chris aus seinem Auto. Zumindest was davon übriggeblieben war. Ein Laster hatte versucht noch schnell die Kreuzung zu überqueren und rammte ungebremst seitlich das Auto von Chris.
Die Helfer legten Chris auf die Straße und einer startete mit Wiederbelebungsversuchen. Chris atmete nicht mehr. Blut lief aus seinen Ohren. Eine Frau die Chris auf der Straße liegen sah, hielt sich die Hände vor den Mund und fing an zu weinen.

Es musste eine Ewigkeit vergangen sein, bis der Notarzt endlich eintraf.

Sei vorsichtig was Du dir wünschst, denn Du könntest es bekommen.

Sprichwort

Chris öffnete seine Augen und ein grelles Licht blendete ihn dermaßen stark, dass seine Augen sofort anfingen zu tränen. Wo war er? Er versuchte sich zu orientieren. Chris hielt seine Hand schützend vor sein Gesicht, um durch das grelle Licht etwas erkennen zu können. Keine Chance, das Licht ließ eine Erkundung des Umfeldes nicht zu. Ein mulmiges Gefühl machte sich in seinem Magen breit, kalter Schweiß sammelte sich auf seinen Handflächen. Er hob sein Bein um einen Schritt nach vorn zu machen, aber seine Füße bewegten sich wie in Betoneimern einzementiert. Er schaute nach unten und bemerkte, dass der Boden komplett fehlte.

Als er genauer schaute, sah er sich in einem Krankenwagen liegen. Ein Notarzt legte die beiden Elektroden des Schockgebers auf seinen Brustkorb und gab das Kommando für den ersten Stromstoß. Sein Herz fing an zu rasen als er die Szene sah.

Vor lauter Schreck bewegte er sich nach hinten, als ob er einen Schritt machen wollte. Er hatte das Gefühl umzufallen, als er eine Hand auf dem Rücken verspürte, die ihn stützte. Das grelle Licht verschwand plötzlich.

»Chris?«

Die Stimme kam ihm irgendwie bekannt vor, konnte sie aber nicht wirklich zuordnen. Er drehte sich in kleinen Schritten vorsichtig nach hinten, um zu erkennen, wer hinter ihm stand.

»Fred, was machst du denn hier?«, Chris war völlig perplex, »was geht hier vor sich?«

Fred lachte: »Überlege dir genau was du dir wünschst, denn es könnte ja eintreffen.«

»Fred, ich glaub im Moment sind Späße etwas unangebracht.«

»Chris, dies ist absolut kein Spaß. Im Gegenteil.«

»Ach ja, was ist es dann?«

»Erinnerst du dich noch als du mir sagtest, wie es doch wohl wäre, wenn du in der Zeit zurückkehren könntest?«

»Ja, so grob kann ich mich daran erinnern, und...?«

»Nun, hier ist deine Chance!«

»Chance?« Er verstand nichts mehr. Das konnte nur ein schlechter Traum sein.

Fred lachte ihn an und fuhr weiter fort: »Also, es gibt zwei Möglichkeiten: die Erste, wir vergessen beide was Du damals gesagt hast, du wachst auf und wenn du genesen bist, geht dein Leben normal weiter.«

»Du bist verantwortlich für das alles hier?«, fragte

Chris ungehalten.

»Bleib mal ganz ruhig. Nennen wir es einen glücklichen Zufall«, erwiderte Fred.

»Glücklich für wen?«, warf er Fred entgegen.

»Für dich Chris, für dich! Aber zurück zum Thema. Interessiert dich noch die zweite Möglichkeit?«

»Schieß los«, raunte er ungeduldig.

»Die zweite Möglichkeit ist, dass ich dich 20 Jahre zurückschicke.«

»Zurückschicken?«, erwiderte er erstaunt.

»Dann hast Du die Möglichkeit nach deiner verehrten Dame zu suchen, bevor sie verheiratet ist.«

Freds selbstgefälliges Schmunzeln verriet seine außerordentliche Begeisterung für diese Idee.

»Und wie genau willst Du das bewerkstelligen?« Chris konnte sich ein Lachen nicht verkneifen. Doch ein Traum, der immer besser zu werden schien.

»Das ist wahrlich kein Traum Chris. Außerdem solltest du die Möglichkeiten eines Engels nicht unterschätzen«

Freds Kommentar verblüffte ihn: »Engel??«

»Soll ich dir die Möglichkeiten noch einmal nennen?«, erwiderte Fred sichtlich irritiert und ohne auf seine Frage einzugehen.

Die Stimme von Chris nahm einen ehrfürchtigen Ton an: »Nein, nein, das ist nicht notwendig. Angenommen du schickst mich in die Vergangenheit, wie komme ich zurück?«

»Wieso zurück?«, fragte Fred verwundert.

»Du wolltest doch eine zweite Chance bekommen, da gibt es kein Zurück. Alles in deinem Leben wird sich ändern. Nichts wird so verlaufen wie du es kennst. Du beginnst noch einmal von vorn.«

Seine Stimme machte einen Sprung: »Von vorne?« Die Ungewissheit, die ihm Fred gerade eröffnete, ließ seine Gefühlswelt kollabieren. Alles aufgeben was er sich erarbeitet hatte? Alles noch einmal von vorn? Der Traum wurde ihm jetzt doch etwas unheimlich, das konnte doch nicht real sein? Freds Stimme holte Chris aus seinen Gedanken zurück: »Wie wichtig ist sie dir denn? Ich hatte das Gefühl, dass sie dir die Welt bedeutet?«

Bevor er antworten konnte, sprach Fred weiter: »Finde Deine Geliebte und überzeuge sie davon, dass du der Richtige für sie bist. Ihr beide könnt dann gemeinsam ein neues Kapitel in eurem Leben schreiben.«

Chris wusste nicht was er sagen sollte, das war alles sehr irreal.

Freds Stimme wurde plötzlich todernst: »Ach ja, eins solltest Du noch wissen bevor du dich entscheidest: du hast genau 48 Stunden Zeit. Findest du sie nicht oder lehnt sie dich ab, ist dein Schicksal damit besiegelt. Es gibt dann kein Zurück und auch kein Vorwärts, dein Leben wäre damit automatisch beendet. Deine Wahl!«

Er sah Fred ungläubig an. Zögernd kratzte er sich nervös hinterm Ohr und senkte seinen Kopf.

»Chris, es geht hier nicht weiter bis du eine Entscheidung getroffen hast!« Die Aufforderung in Freds Stimme war unmissverständlich.

Fred trat an ihn heran und flüsterte: »Ist sie es denn wirklich wert?«

Chris hebte langsam seinen Kopf und sah Fred entschlossen in die Augen: »Schick mich zurück!«

Chris saß etwas benommen an seinem Schreibtisch und fühlte etwas Ungewohntes an seinem Handgelenk. Als er näher hinsah, entdeckte er eine billige Uhr an seinem Arm. Normalerweise trug er keinen Schmuck und schon gar keine Uhren. Er sah auf und stellte fest, dass er sich im Büro der Firma befand, in der seine Berufskarriere begann. Aufgeregt blickte er um sich.
»Fred?«
Keine Antwort.
Sein Blick fiel auf den Wandkalender, 1994 stand darauf in großen Zahlen. Die 12 war das mit einem kleinen roten Rahmen markierte Datum im Monat Juni.
Wow, dachte er sich und schaute zurück auf die komische Uhr an seinem Handgelenk, die nicht zu funktionieren schien. Er tippte mit dem Zeigefinger darauf, als plötzlich die Ziffern aufleuchteten: 47:59:59. Er schreckte zurück und es lief ihm eiskalt den Rücken runter. Der Countdown, verdammt. Mira, er musste sie unbedingt finden!

Eine Stimme riss ihn aus seinen Gedanken: »Chris, komm jetzt endlich, sonst sind wir zu spät

für unsere Präsentation!« rief ihn sein Kollege mit ungeduldiger Stimme zu.
Chris erinnerte sich an diesen Moment. Die Präsentation, die sein Leben verändert hatte. Darüber nachzudenken hatte er keine Zeit. Er suchte seine Schlüssel, fasste in seine Hosentasche und fand den Schlüssel, den Mira ihm gegeben hatte. Auch dafür hatte er jetzt keine Zeit und steckte ihn zurück in die Tasche. Er nahm seine Jacke von der Garderobe und fand seine Schlüssel in einer der Taschen.
Sein Kollege stand immer noch wartend an der Bürotür und sah ihm ungläubig nach, als er wortlos an ihm vorbeiging.

Chris rannte zum Parkplatz und suchte sein Auto. Wo hatte er damals immer geparkt? Sein Autoschlüssel hatte noch keine Fernbedienung, dass hätte die Suche einfacher gemacht. Schließlich fand er sein Fahrzeug, setzte sich hinein und fuhr nach Hause. Seine damalige Wohnung befand sich nicht unweit der Firma.

Zu Hause angekommen, rannte Chris die Treppe

rauf zu seiner Wohnung. Er schloss die Tür auf und wollte als Erstes nach einem Flug checken. Hektisch suchte er sein Smartphone, als ihm bewusst wurde, dass das Internet ja noch in den Kinderschuhen steckte und all die Apps, Webseiten und Smartphones noch gar nicht verfügbar waren. Musste er ohne auskommen, auch kein Problem.

Wo war nur der alte Rucksack? Den Weg zu seiner alten Wohnung hatte er problemlos gefunden, aber er musste sich erst einmal neu in den Zimmern orientieren und überlegen wo er was verstaut hatte. Im Schlafzimmerschrank wurde er schließlich fündig. Hastig packte er ein frisches Hemd, Unterwäsche und Socken in den Rucksack, rannte ins Bad und schmiss seine Zahnbürste und ein paar andere Sachen ebenfalls in den Rucksack. Sollte er etwas brauchen, dann kann er es ja vor Ort kaufen. Er nahm noch seinen Ausweis aus dem Schreibtisch und verließ seine Wohnung. Voller Euphorie und der Erwartung Mira zu finden, fuhr Chris zum Flughafen.

Slowakei - 12. Juni 1994

Das Fitness Studio war an diesem Nachmittag gut besucht. Der typische Geruch von Plastikmatten und Umkleidekabine machte sich überall breit, die Besucher schien das aber nicht weiter zu stören, alle waren mit den Übungen und sich selbst beschäftigt.

Mira hatte sich ein Handtuch um den Hals gelegt und machte sich zusammen mit ihrer Freundin auf den Weg zur Umkleidekabine, als plötzlich ein muskulöser Hüne sie von hinten an der Taille umklammerte und hochhob. Es machte den Eindruck, als ob er sich dabei nicht einmal anstrengen musste. Ein anderer Mann kam von der Seite angelaufen und riss ihr das Handtuch vom Hals. Miras Freundin versuchte ihn aufzuhalten und konnte im letzten Moment noch einen Zipfel des Handtuchs greifen und es dem Mann entreißen.

»Deine Cousins werden wohl nie erwachsen?« Die Freundin schaute Mira an, der Cousin hatte sie wieder auf den Boden gestellt. Nach dem Eingreifen der Freundin waren die Cousins weggerannt und standen lachend am Tresen der Bar des Fitnessstudios.

»Das Gefühl habe ich langsam auch«, erwiderte

Mira, die überhaupt nicht begeistert von dem Zwischenfall war, der sehr zur Belustigung aller Anwesenden im Studio beigetragen hatte. Mira warf ihren Cousins einen bösen Blick zu, bevor sie zusammen mit ihrer Freundin in der Umkleidekabine verschwand.

Frisch geduscht und mit frischem Outfit stand Mira vor dem Spiegel um ihren Lippenstift aufzutragen, als sie plötzlich bemerkte, dass ein Schlüssel an ihrer Kette fehlte. Panisch begann sie in der Umkleidekabine den Boden abzusuchen.
Als sie nichts fand, rannte sie zurück ins Studio und suchte verzweifelt alle Stationen ab, an der sie trainiert hatte, um den zweiten Schlüssel zu finden.
Die Kette mit den Schlüsseln hatte sie seit ihrer Kindheit behütet. So sehr, dass es für ihre Freundinnen normal war, sich darüber lustig zu machen.
Nun fehlte ein Schlüssel, für Mira war das der absolute Alptraum. Weinend saß sie auf einer Bank in der Umkleidekabine. Den Schlüssel sollte sie doch ihrer Liebe geben.

Am Flughafen angekommen, erkundigte sich Chris nach dem nächsten Flug nach Bratislava. Er hatte Glück, es gab einen Flug pro Tag und dieser verließ New York in einer Stunde. Chris kaufte ein Flugticket, das er mit seiner Kreditkarte bezahlte und begab sich sofort zum Security Check. Auf dem Weg zum Gate sah er an einem Ständer der vor einem der vielen Geschäfte stand, in kleinen goldenen Beuteln verpackte Schokolade.

Die Beutel waren aus einem glitzernden Material mit Netzstruktur gefertigt und ließen sich am oberen Rand mit einer Schlaufe verschließen. Jeder Beutel hatte die Größe eines Butterkekses und als Naschkatze konnte er einfach nicht daran vorbeigehen, zumal die Verpackung schon sehr vielversprechend aussah. Er ging in den Laden und kaufte sich einen Beutel. Viel Zeit blieb ihm nicht mehr und so beeilte er sich zum Gate zu kommen, als auch schon der Boarding Aufruf für seinen Flug erfolgte.

Im Flugzeug suchte Chris seinen Platz auf, verstaute seine Tasche und setzte sich auf seinen Platz. Er öffnete das Säckchen und aß genüsslich die Schokolade. Das hatte er nach den letzten Ereignissen gebraucht, Nervennahrung.

Er sah das leere Säckchen an. Viel zu schade, um es wegzuwerfen, dachte er sich, als ihm eine Idee kam. Er nahm den Schlüssel aus seiner Hosentasche und legte ihn behutsam in den Sack hinein und verschloss die Schlaufe am oberen Ende des Beutels. Er lehnte sich zurück in seinen Sitz und betrachtete das Säckchen mit dem Schlüssel, als der Flieger in Richtung Bratislava von der Startbahn abhob.

Es ist erstaunlich wie blödsinnig man sein kann, wenn man verliebt ist.

Lucy van Pelt, Peanuts

13.06.1994 - 28 Stunden und 10 Minuten verbleibend

In der Ankunftshalle in Bratislava angekommen ereilte Chris ein Kulturschock. Mein Gott dachte er sich, so sah das hier also mal aus. Das Zeitalter des Kommunismus hatte immer noch seine offensichtlichen Spuren hinterlassen und an dem einzigen Kiosk kaufte er sich erst einmal einen Stadtplan und ein Wörterbuch. Wie vermisste er doch sein Smartphone.

Chris wusste zwar aus welcher Stadt Mira stammte und er wusste, dass sie während ihrer Studienzeit in Bratislava wohnte. Wo sollte er aber beginnen? Er erinnerte sich noch, so ungefähr wo sie ungefähr lebte, da sie dort gemeinsam einmal vorbeigefahren sind. Aber in dieser Gegend gab es viele Hochhäuser!
Ihm war auch bekannt, dass sie zur Uni ging aber nicht zu welcher. Er schaute auf seine Countdown Uhr. Auf was habe ich mich nur eingelassen?
Chris stieg in ein Taxi und zeigte dem Fahrer auf dem Stadtplan wo er hinwollte. Chris ließ sich zu der Gegend fahren, wo er meinte, dass sie dort

wohnen müsste.

Alles war viel anders als er das letzte Mal in Bratislava verweilte. 22 Jahre sind an der Stadt nicht spurlos vorbeigegangen, dachte er sich, als er die Häuser und Straßen sah.

Nachdem der Taxifahrer Chris im ausgewählten Stadtviertel abgesetzt hatte, war seine erste Idee von Haus zu Haus zu gehen und sich die Klingelschilder anzusehen. Als er aber die vielen die vielen Namen am ersten Schild sah, wurde ihm ganz mulmig. Das wird nie funktionieren. Das hatte er sich einfacher vorgestellt. Nervös schaute er wieder auf die Uhr. 26:27:09, von Mira bisher keine Spur.

Er ging in den nächsten Laden, kaufte sich etwas zu trinken und setzte sich in die Sonne. Es war ein schöner Junitag, Chris blinzelte in die Mittagssonne, holte tief Luft und nippte an seinem Mineralwasser. Er fing an seine Optionen gedanklich durchzuspielen. Von Haus zu Haus laufen, keine Chance. Vielleicht hatte sie ein Telefon? Dann könnte er das Telefonbuch checken. Die Idee gefiel ihm und er suchte eine Telefonzelle auf. Ein Telefonbuch. So etwas hatte er schon seit Jahren nicht mehr gesehen. Wild blätterte Chris die Seiten durch, aber es gab keinen Eintrag mit ihrem Namen, Fehlanzeige.

In der Nähe sah er einen Lebensmittelladen. Dort könnte er vielleicht beginnen. Da Chris aber kein slowakisch sprach, gestaltete sich das Fragen als etwas schwierig. Zum Glück gab es gleich gegenüber einen Schreibwarenladen. Mit dem am Flughafen getauschten Geld kaufte er sich einen schwarzen Marker und A3 Papier. Auf dem Block schrieb er mit großen Buchstaben auf Slowakisch: 'Kennen Sie Mira Irazova? Bitte um Ihre Hilfe!'

Damit stellte er sich vor den Einkaufsladen. Vielleicht hatte er Glück und jemand kam vorbei der sie kannte.

Nach fast zwei Stunden waren zwar viele Personen an ihm vorbeigelaufen, aber mehr als ungläubige Blicke hatte er nicht geerntet. Chris schaute auf die Uhr: 23:00:59. Die Sinnlosigkeit dieser Aktion wurde für ihn immer offensichtlicher. So würde er Mira nie finden. Seine Hoffnung verschwand schlagartig und so machte er sich auf zur nächstgelegenen Universität. Vielleicht hatte er hier mehr Erfolg.

Mit dem Schild vor dem Bauch ging er über den Campus zum Verwaltungsgebäude. Wenn Mira Studentin dieser Uni war, würde man sie in der Registratur kennen.

Jeder der Studenten der ihn sah, schien sich über ihn lustig zu machen. Glücklicherweise verstand er kein Wort. Der Spott war ihm auch ziemlich egal, solange er Mira finden würde.

Chris betrat das Gebäude und suchte das erste Büro auf. Er klopfte an der Tür. Eine Frauenstimme rief etwas, was er als herein interpretierte und öffnete die Tür. Eine ältere Dame saß hinter ihrem Schreibtisch und stellte eine Frage, die er nicht verstand.

»Sprechen sie Englisch?«, fragte er.

»Wie kann ich ihnen helfen?«, antwortete die Dame in fast fehlerfreiem Englisch.

Er war erleichtert. Endlich jemand, mit dem er reden konnte.

»Ich bin auf der Suche nach Mira Irazova, wer kann mir sagen, ob sie Studentin an dieser Uni ist?«

»Da sind sie zwar bei mir richtig, aber diese Information kann ich Ihnen leider nicht geben.«

»Was spricht dagegen?«

»Die Vorschriften unserer Institution. Außerdem weiß ich noch nicht einmal wer sie sind und was sie von der Dame wollen.«

»Entschuldigen sie bitte, mein Name ist Chris Webb und Mira Irazova ist eine Arbeitskollegin von mir, zumindest wird sie das werden.«

Die Frau hob ihre Augenbrauen und sah ihn erstaunt an: »Sie wird ihre Arbeitskollegin werden? Wie soll ich das verstehen?«

»Das ist etwas schwierig zu erklären«, erwiderte er.

»Versuchen sie es.«

»Wenn ich ihnen das erkläre, sagen sie mir dann ob Mira hier eingeschrieben ist?«

»Ich sagte ihnen doch, wir haben unsere Vorschriften«, gab die Frau unmissverständlich zu verstehen.

»Ich bin sehr weit gereist, um sie zu finden.«

Die Frau tippte etwas in ihrem Computer.

»Ja, sie ist hier eingeschrieben, aber ich habe ihnen das nie gesagt.«

»Können sie mir noch sagen wo ich sie finden kann?«

»Meine Gutmütigkeit und Geduld hat ihre Grenzen. Ich wünsche Ihnen einen guten Tag!«, raunte die Frau mit einem strengen Tonfall.

»Vielen Dank für ihre Hilfe!«
Chris verließ das Büro und ging wieder über den Campus. Endlich ein Lebenszeichen von Mira, seine Hoffnung kehrte zurück.
Jedem, der an ihm vorbeilief, zeigte er das Schild, als plötzlich eine Frau auf ihn zukam und ansprach. Sie deutete auf das Schild. Leider konnte sie nur einige Brocken Englisch, aber was sie sagte reichte ihm schon aus: Žilina und Mutter. Jetzt fiel es ihm wieder ein. Er erinnerte sich an die gemeinsame Fahrt nach Bratislava, als sie an diesem Ort vorbeifuhren. Mira erzählte ihm einmal, dass sie dort aufgewachsen sei. Der Ort lag 2 Stunden von Bratislava entfernt. Die Freude über diese Information ließ ihn fast in Ekstase fallen. Er nahm die Hand der Frau, schüttelte sie vor lauter Euphorie und rannte zurück zur Straße.
Die Frau sah ihm noch verblüfft hinterher, bevor sie weiterging. Chris stieg unterdessen in eines der Taxis, die an der Hauptstraße auf Kundschaft warteten, verhandelte einen Fahrpreis und ließ sich nach Žilina fahren.

Es war später Nachmittag als Chris in Žilina ankam. Das Taxi setzte ihn am Bahnhof ab und er kaufte sich an einem Kiosk einen Stadtplan. Da er noch nie in dieser Stadt war, musste er sich erst einmal orientieren. Zum Glück war die Stadt recht übersichtlich und sein erstes Ziel war der nächste Kaufladen. Er zeigte der Verkäuferin sein Schild, aber sie nickte verneinend. Vor dem Geschäft befand sich eine Telefonzelle, aber auch in diesem Telefonbuch suchte er ihren Namen vergebens. Dann sah er einen Laden, der wie ein Friseur aussah. Er versuchte in das Gebäude zu gelangen, aber der Eingang war verschlossen. Er klingelte an der Tür, doch niemand antwortete. Die danebenliegende Arztpraxis war ebenfalls geschlossen. Es war wie verhext.

15 Stunden und 16 Minuten verbleibend

Langsam senkte sich die Sonne und Chris war schon einige Zeit mit dem Schild durch die Stadt gelaufen. Passanten sahen ihn ungläubig an, schüttelten mit dem Kopf oder lachten, als ob er ein Clown wäre. Am Ende der Straße entdeckte er eine Kneipe. Vielleicht hatte er hier mehr Glück. Chris öffnete die schwere Eingangstür und eine

Wand aus Zigarettenrauch schlug ihm ihn entgegen. Der Geruch von Bier und alten Möbeln ließ ihn fast wieder rausgehen, aber das war keine Option. Für einen Montagabend empfand er die Kneipe als ungewöhnlich voll. Mit Händen und Füßen bestellte er sich an der Theke erst einmal ein Bier und versuchte mit den Einheimischen zu sprechen.
»Sprechen Sie Englisch?«
Egal wen er auch ansprach und das Schild zeigte, alle nickten nur ablehnend. Selbst in dieser gut besuchten Kneipe schien Mira unbekannt. Gab es vielleicht noch einen anderen Ort mit gleichen Namen nur in einer anderen Gegend? Zweifel fingen an ihm zu nagen. Verdammt, was, wenn er im falschen Žilina ist? Hätte der Taxifahrer dann nicht schon gefragt welches Žilina er meint?

Einer der Kneipenbesucher war Miras Onkel. Die Fragerei nach Mira machte ihn misstrauisch. Was will dieser Ausländer von ihr? Kommen hierher und denken ihnen gehört die Welt. Er war nicht gut auf Ausländer zu sprechen, so wie alle in der Stadt. Und schon gar nicht, wenn sie aus dem westlichen Ausland kamen. Zu viele Arbeitsplätze waren verloren gegangen, nachdem die Grenzen geöffnet wurden. Ausländische Firmen übernahmen inländische Unternehmen und alle haben profitiert. Nur die Einheimischen, die waren wie immer die Verlierer. Seit der Werksschließung standen viele Arbeiter auf der Straße, so wie er. Gesundschrumpfen nannte man das. 23 Jahre Loyalität, die nichts mehr wert waren. Und jetzt kommt dieser Typ und fragt nach Mira. Das konnte er nicht länger ertragen. Wollen sich diese Typen jetzt auch noch an unsere Frauen ranmachen? Seine Wut kochte in ihm hoch. Der Ami konnte für ihn bleiben wo der Pfeffer wächst. Er hatte sich innerlich in Rage geredet und musste unbedingt weg, bevor noch ein Unglück passierte. Miras Onkel stand auf, zahlte seine Rechnung und verließ die Kneipe.

Als Miras Onkel nach Hause kam, ging er ins Nebenhaus um Mira aufzusuchen. Er klingelte und Miras Mutter öffnete die Tür.
»Hallo Andrik, komm rein.«
»Ist Mira zu Hause?«
»Ja, warum?«

»Da ist so ein Ami in der Kneipe, der sie sucht.«
»Sie ist in der Küche.«
Miras Onkel ging in die Küche, aus dem Klappern und Dröhnen drang. Mira war gerade dabei einen Teig in einer Schüssel zu rühren. Als sie ihren Onkel sah, stellte Mira das Rührgerät ab. »Hallo Onkel Andrik, du bist zu früh, der Kuchen ist noch nicht fertig.«
Er musste lachen: »Deswegen bin ich nicht gekommen, aber wenn er nachher fertig ist, dann sag Bescheid. Ich hol mir dann ein Stück ab.« Er machte eine kurze Pause: »Mira, da ist einer in der Kneipe der dich sucht!«
»Ach ja, wer denn?«
»Keine Ahnung, muss ein Ami sein, der spricht nur Englisch.«
Mira schaute ihren Onkel an: »Sieht er denn wenigstens gut aus?«
Bevor er etwas antworten konnte, ergänzte sie lachend: »Lass ihn weitersuchen, ich kenne keinen Ami.«
Sie schaltete das Rührgerät wieder an und machte unbeirrt weiter. Morgen war ihr Geburtstag, zu dem er mitsamt Familie eingeladen war.

Chris blieb in der Gaststätte, die auch gleichzeitig eine Pension war. Das hatte er zumindest mit Hilfe des Wörterbuches herausgefunden. In der Nacht konnte er sowieso nichts tun. Er ging auf sein Zimmer und legte sich aufs Bett. Alle 2 Minuten schaute er nervös auf die Uhr. Er stand auf und nahm seinen Stadtplan zur Hand. Irgendwer musste sie doch kennen. Wieder überfiel ihn der Gedanke, dass er vielleicht in der falschen Stadt ist. Wie konnte er denn jetzt herausfinden, ob es noch ein anderes Žilina gibt? Im Bahnhof hatte er eine Landkarte gesehen. Er zog sich an und machte sich auf den Weg zum Bahnhof.

Es war später Abend und dunkel als er den verlassenen Bahnhof erreichte. Ein kleines Licht erhellte die Wartehalle in der auch die Landkarte hing. Um diese Uhrzeit fuhren keine Züge mehr, so hätte er sich im Zweifelsfall ein Taxi nehmen müssen, sollte es doch noch ein anderes Žilina geben. Er war sich eigentlich hundertprozentig sicher in der richtigen Stadt zu sein. Aber sicher ist sicher. Er untersuchte die Karte akribisch, kein anderer Ort mit diesem Namen. Beruhigt machte er sich auf den Weg zurück in die Pension.

Go for broke
Setze alles auf eine Karte - riskiere alles

Motto des 442nd US Infanterie Regiments WWII

3 Stunden und 47 Minuten verbleibend

Chris hatte kein Auge zugetan. Er nahm seine Sachen, zahlte das Zimmer und verließ die Pension. Das Erste, was ihn begrüßte als er die Tür öffnete, waren die Sonnenstrahlen eines schönen Sommermorgens und ein frischer Geruch von Gräsern. Heute ist der letzte Tag seines alten Lebens. Egal was passiert. Es wird auf jeden Fall das Ende sein. Wird es einen neuen Anfang geben? Zweifel kamen wieder auf. Aber es war ja noch nicht vorbei, ein paar Stunden hatte er noch und die wollte er nutzen.

Sein erster Besuch mit seinem Schild galt dem Bäcker, aber mehr als ein mitleidiges Lächeln erntete er auch hier nicht. Miras Tante sah Chris mit dem Schild beim Bäcker, ohne ihn jedoch anzusprechen. Sie verließ mit ihm den Laden und beobachte wo er hinlief.

Zu Hause angekommen erzählte sie ihrem Mann von der Begegnung.

»Ich habe eben den Mann gesehen, von dem du gestern erzählt hast.«

»Läuft der immer noch in der Stadt herum?«

»Er war gerade beim Bäcker. Mit einem großen Schild und Miras Namen drauf.«

»Was will dieser Typ von Mira? Ich glaube es ist an der Zeit der Sache Einhalt zu gebieten!«

»Nikolai, Jarek, kommt mal her!«, rief ihr Mann in die Wohnstube.

Sie beschlossen ihre beiden Söhne loszuschicken um den Mann aufzusuchen und ihm unmissverständlich zu erklären, dass er gefälligst Mira in Ruhe lassen soll. Ihre Söhne waren sofort begeistert und freuten sich schon darauf jemanden aufmischen zu können. Körperlich war Chris keine Herausforderung für die beiden, er würde keine Chance haben.

14.06.1994 - 45 Minuten verbleibend

Chris hatte jetzt fast die ganze Stadt abgesucht, seine letzte Station war eine Tankstelle. Hoffnung machte er sich keine mehr, stieß er doch überall in der Stadt auf Ablehnung oder Schweigen. Fehlende Sprachkenntnisse waren das I-Tüpfelchen seiner Ausweglosigkeit.

Die Brüder machten sich auf den Weg in die Stadt um Chris zu suchen. Weit brauchten sie nicht zu gehen, als sie Chris aus dem Tankstellenshop herauskommen sahen. Er überquerte die Straße und lief direkt auf sie zu.

Chris schaute auf die Uhr und ein Gefühl der Panik machte sich bei ihm breit. Er ging an zwei Männer vorbei, als einer der beiden ihn unerwartet packte und an eine Hauswand drückte.
»Was willst du von Mira? Lass sie in Ruhe!«, brüllte er ihn in gebrochenem Englisch an.
»Ihr kennt Mira? Wo kann ich sie finden?«
Die Freude endlich eine Spur zu ihr gefunden zu haben wiegte mehr als der Gedanke an die prekäre Situation, in der er sich befand.
»Ich habe dir gesagt, du sollst sie in Ruhe lassen.«
Unsanft wurde er nochmals an die Wand gerammt.
»Verpiss dich und lass dich hier nicht mehr sehen.«
Der kleinere der beiden Kerle rammte seine Faust in seinen Magen. Der Schmerz ließ ihn zum Boden sacken, als ihn plötzlich ein Knie im Gesicht traf.
»Lass sie in Ruhe!«

Lachend ließen sie ihn liegen und gingen weg.

Der Schmerz in seinem Gesicht ließ langsam nach. Chris merkte etwas Warmes seine Lippen runter laufen. Mit der Hand wischte er über sein Gesicht und sah Blut an seinen Fingern. Der Tritt hatte seine Lippe aufplatzen lassen. Er rappelte sich auf und sah den beiden hinterher. Offensichtlich kannten sie Mira. Wie in aller Welt könnte er die beiden davon überzeugen ihm zu sagen wo Mira ist? Noch etwas benommen stand er auf und folgte den Männern.

Aus sicherer Entfernung beobachtete Chris wie die beiden in einem Haus verschwanden. Dem Aussehen nach mussten die beiden Brüder sein. Als die Luft rein war, schlich er sich zum Haus, um die Klingelschilder zu lesen.
Miras Tante schaute aus dem Küchenfenster und sah wie Chris auf das Haus zuging.
»Da ist dieser Typ wieder. Ich dachte ihr hättet die Sache erledigt?«
Vorwurfsvoll schaute sie ihre beiden Söhne an, die in der Küche saßen. Wütend sprangen beide

auf, stürmten aus dem Haus und nahmen Chris sofort in die Zange.

Chris sah die beiden Brüder auf ihn zulaufen.
»Ich muss mit Mira sprechen!«, rief er.
Einer der Brüder schlug ihm ohne jegliche Vorwarnung mit der Faust ins Gesicht. Der Größere hielt ihn fest und so hatte er keine Chance sich zu wehren.

Der Tumult war auch im Nebenhaus unüberhörbar.
Mira öffnete die Haustür um zu sehen was draußen vor sich ging, als sie die Situation sah.
»Was ist hier los, hört auf!«, schrie sie ihre Cousins an, die von Chris abließen und sie fragend ansahen.
»Mira, der Typ verfolgt dich in der ganzen Stadt«, brachte einer der Brüder rechtfertigend vor.
»Ja und, habt ihr denn gefragt was er will?«, fragte Mira sichtlich aufgebracht.
Chris verstand kein Wort und wischte sich das Blut aus dem Gesicht.
»Mira bitte... Ich muss mit dir sprechen.«

Mira verstand und sprach perfekt Englisch, es war ihr Lieblingsfach auf der Uni. Chris war ihr auf den ersten Blick sympathisch, trotzdem blieb sie zurückhaltend.

»Ich weiß, dass du heute Geburtstag hast, ich weiß noch viel mehr über dich, aber mir bleibt nicht viel Zeit. Können wir uns unter vier Augen unterhalten?«, fragte Chris mit blutverschmierter Lippe.

Mira war etwas verwundert, überlegte einen Moment und nickte zustimmend. Sie schaute grimmig zu ihren Cousins und sah dann Chris an: »5 Minuten und keine Sekunde mehr«

Mit verschränkten Armen ging sie mit Chris an den beiden Brüdern vorbei zur Straße.

Sie stellten sich in einiger Entfernung vom Eingang und Chris begann zu erzählen: wie er sie kennenlernte; wie sie Freunde wurden; dass er sie liebte; er erzählte ihr von dem Unfall und die Wahl, vor die er von einem Engel gestellt wurde sowie seiner Suche nach ihr. Man konnte erkennen, dass Mira Chris aufmerksam zuhörte, aber mit jeder Silbe von Chris wurden ihre Blicke ungläubiger. Ab und zu schüttelte sie verwundert ihren Kopf.

Als Chris zum Ende seiner Ausführungen kam, zeigte er Mira zum Abschluss noch die Uhr: 00:07:05 leuchtete es auf dem Ziffernblatt. Hätte er Miras Blick interpretieren sollen, dann würde er schwanken zwischen 'Was für ein großartiger Lügner' oder 'Zu schön, um wahr zu sein'.

Offensichtlich wollte sie ihm glauben, aber die Zweifel standen in ihrem Gesicht geschrieben. Je länger sie darüber nachdachte, desto größer wurde ihre Skepsis. Es schien, als wäre für Mira alles was er sagte doch zu unglaubwürdig.

»Und diese Geschichte soll ich dir abnehmen?« Mira ließ ihn stehen und ging zurück zum Haus. Nach zwei Schritten drehte sie sich kurz zu ihm zurück und lächelte ihn an: »Trotzdem netter Versuch.«

Chris lief ihr noch hinterher: »Mira, warte bitte...«

Mira war bereits an ihren Cousins vorbeigegangen, als sie sich nochmals zu ihm umdrehte und stehen blieb. Der größere der Cousins streckte seinen Arm raus, so dass Chris nicht an ihm vorbeikonnte. Chris senkte seinen Kopf, griff in seine Hosentasche und holte das kleine Säckchen, das den Schlüssel enthielt, heraus.

»Mira, das möchte ich dir noch geben.«

Er reichte ihr das Säckchen über dem ausgestreckten Arm des Cousins. Mira und Chris sahen sich einen Moment an. Sie nahm wortlos das Säckchen und ging zurück zum Hauseingang. An der Tür schaute sie noch einmal zurück zu Chris, der sich mit gesenktem Kopf umwandte und die Straße entlangging.

Chris ging zum Taxistand, den er auf dem Hinweg gesehen hatte. Langsam öffnete er die Tür des ersten Taxis, setzte sich in das wartende Fahrzeug und atmete tief aus. Ein Gefühl der absoluten Leere befiel ihn. Die Hoffnungslosigkeit traf ihn wie der Lastwagen der ihn gerammt hatte. Der Taxifahrer fragte nach seinem Ziel, aber er antworte ihm nicht. Er fühlte Tränen seine Wangen runter laufen, das erste Mal, das er weinen konnte. Es hatte etwas Befreiendes und Erleichterndes.

Der Taxifahrer wiederholte seine Frage. Es dämmerte ihm, dass es gar kein Ziel mehr für ihn gab. Wortlos öffnete er die Tür, nahm all sein Geld was er noch besaß, gab es dem Taxifahrer und stieg aus dem Wagen. Der Taxifahrer sah ihn an, als hätte er gerade Elvis persönlich gesehen und murmelte etwas, was er aber nicht mehr verstand, denn er war schon weitergegangen. Er schaute auf die Uhr und setzte sich auf eine der Bänke, die in regelmäßigen Abständen die Straße zierten.

00:02:48.

In wenigen Minuten ist alles vorbei. Ein Lächeln formte sich langsam auf seinem Gesicht. Es erfüllte ihn mit Stolz, dass er Mira gefunden hatte. Das half ihm zwar nicht weiter, aber zumindest hatte er einen Versuch bekommen, Mira für sich zu gewinnen. Er hatte die Chance genutzt, alles auf eine Karte gesetzt und verloren. Wer mit dem Feuer spielt, kann sich nun mal verbrennen. Er war nicht unglücklich darüber; würde man ihn noch einmal vor die Wahl stellen, dann würde er wieder so entscheiden. Dass es ihm jetzt das Leben kostete, das war der Preis für diesen Versuch. Und heute war Zahltag.
Bereute er es? In keinster Weise. Für Mira würde er alles tun und geben. Er lehnte sich zurück, schloss die Augen und genoss die für ihn letzten warmen Sonnenstrahlen, die sich zwischen den

Blättern eines Baumes ihren Weg suchten und sein Gesicht erwärmten. Ein Gefühl von Geborgenheit und innerer Ruhe erfüllten ihn.

Mira nahm das Säckchen und ging ins Haus. So richtig wohl fühlte sie sich nicht und ein komisches Gefühl beschlich sie. Woher wusste dieser Mann all diese Dinge über sie? Und dass er sie liebte? Sie hatte ihn noch nie bevor gesehen? Seine Story machte keinen Sinn. Trotzdem wurde sie dieses komische Gefühl nicht los.
Mira ging an ihrer im Wohnzimmer sitzenden Mutter vorbei, legte das Säckchen auf das Sideboard, dass sie auf dem Weg zur Küche passierte und setzte sich gedankenversunken an den Küchentisch.

Miras Mutter sah an Miras Gesichtsausdruck, dass etwas nicht Ordnung sein konnte, wusste aber nicht wie sie ihrer Tochter helfen sollte. Sie beobachtete wie Mira ein Säckchen auf das Sideboard legte und in die Küche ging. Neugierig geworden stand sie auf, ging zum Sideboard und öffnete das Säckchen, das Mira dort abgelegt hatte.

»Schau mal Mira, ist das nicht der zweite Schlüssel von deiner Halskette?«, rief Miras Mutter. Mira lief erstaunt ins Wohnzimmer und fasste an ihre Kette mit dem verbliebenen Schlüssel. Ihre Mutter hielt den zweiten Schlüssel, den sie vergeblich gesucht hatte, in der Hand.

»Wo hast du ihn gefunden?«

Ein Stein fiel ihr vom Herzen und lenkte sie einen Moment von ihren Gedanken ab.

»Er war in dem Säckchen, das du auf das Sideboard gelegt hast«, antwortete die Mutter.

Es lief ihr heißkalt den Rücken runter. Woher hatte er den Schlüssel? Plötzlich hörte sie die Stimme ihrer Oma, als ob sie direkt neben ihr stehen würde: »Du kannst ihn nur einmal vergeben.« Die Geschichte von dem Typen musste also stimmen! Sie musste ihm den Schlüssel gegeben haben! Eine andere Erklärung gab es nicht.

Warum hatte er das nicht erwähnt? Er musste ihre Liebe sein! Und sie hat ihn weggeschickt!

Im Stakkato schossen ihr die Gedanken durch den Kopf. Der Countdown! Panisch lief Mira an ihrer verwundert dreinblickenden Mutter vorbei aus dem Haus.

Auf der Straße schaute sie hektisch nach rechts

und nach links. Wo konnte er hingegangen sein? Am Ende der Straße sah sie schließlich Chris auf einer Bank sitzen.

00:00:02

So schnell sie konnte rannte sie auf Chris zu.
»Chris!«
Sie schrie seinen Namen und als sie die Bank erreichte, musste sie mit ansehen, wie er leblos zusammensackte.

00:00:00

Wie in einem Spielfilm spulte sein Leben im schnellen Zeitraffer an Chris vorbei. Mira und er als Hauptdarsteller in dem Streifen, die Hochzeit, Familiengründung und das gemeinsame Leben. Es fühlte sich gut an, schön wäre es gewesen. Aber es sollte nicht sein. Dann wurde es komplett schwarz vor seinen Augen.

New York - Sommer 2016

Als Chris seine Augen öffnete, erblickte er eine kahle Wand. Ein unverwechselbarer Geruch von Desinfektionsmittel folterte seine Nase. Er lag in einem Bett und schaute zum Fußende. Eine weiße Platte umrandet mit einem chromefarbenen Gestell, ein typisches Krankenhausbett. Wie war er hierhergekommen? Bevor er seinen Gedanken zu Ende bringen konnte, öffnete sich plötzlich abrupt die Zimmertür und zwei Kinder stürmten in das Zimmer.
»Papa, Papa …«
Völlig verblüfft setzte er sich im Bett auf und zu seiner zusätzlichen Verwunderung sah er Mira ins Zimmer kommen. Großartig sah sie aus. Ihr Anblick ließ ihn einen Moment vergessen, was um ihn herum geschah. Das war schon typisch für ihn in ihrer Gegenwart.
Sie ging direkt auf ihn zu und bevor er wusste wie ihm geschah, küsste sie ihn auf die Stirn und setzte sich neben ihm aufs Bett.
»Liebling, ich bin froh, dass wir dich wiederhaben.«
Er wusste nicht, was er sagen sollte. Völlig verdutzt sah er Mira und die Kinder an, als er einen

Ring an seinem Finger wahrnahm. Mira strich mit ihrer Hand liebevoll durch sein Haar und als er den gleichen Ring an ihrer Hand sah, dämmerte es ihm. Sie war seine Frau!? Und wenn das seine Frau war, dann mussten dies seine beiden Kinder sein. Wie war das möglich?

Slowakei - 14.06.1994

00:00:02

So schnell sie konnte, rannte Mira auf Chris zu. Sie rief seinen Namen, aber es schien zwecklos, Chris reagierte nicht auf ihr Rufen. Als sie ihn endlich erreichte und vor ihm stand, sackte er zusammen, sein Oberkörper fiel leblos zu Seite.

00:00:00

Was sollte sie bloß tun? Von Panik ergriffen hielt sie Chris reflexartig fest, damit er nicht von der Bank fiel. Tränen liefen ihr die Wangen herunter, als sie den leblosen Kopf von Chris in der Hand hielt. Liebevoll küsste sie ihn, es war das Einzige was sie für ihn tun konnte.

New York - Sommer 2016

Die Kinder hatten sich ebenfalls mit auf das Bett gesetzt und alle sahen ihn erwartungsvoll an. Chris blickte Mira in die Augen, in denen er sich so gern verlor, als er bemerkte, dass jemand im Türrahmen stand und sie die ganze Zeit beobachtete. Er schaute an Mira vorbei und sah wie Fred sich grinsend umdrehte und wegging. Ohne zurückzuschauen winkte ihm Fred wortlos mit einer Hand über den Kopf zu.

»Verrückter…«, murmelte Chris lachend, als er Fred am Ende des Ganges verschwinden sah.